Claudia Choate
Verlorene Seelen 5 – Tiefe Wunden

Verlorene Seelen 5

Tiefe Wunden

von
Claudia Choate

Biografische Information der Deutschen Nationalbibliothek: Die Deutsche Nationalbibliothek verzeichnet diese Publikation in der Deutschen Nationalbibliografie; detaillierte bibliografische Daten sind im Internet über dnb.dnb.de abrufbar.

Herstellung und Verlag: BoD – Books on Demand, Norderstedt
1. Auflage 2019

ISBN: 978-3-75041-566-9

INHALTSVERZEICHNIS

II

MISSBRAUCHT

„Brigitte? Kannst du bitte mal kommen? Wir müssen mit dir reden", rief Inge durch die Wohnung. Eine Minute später klopfte es an die Glastür, die zum Wohnzimmer führte. „Komm' rein, Schatz, und setz' dich", bedeutete ihr die ältere Frau, die Brigitte in den letzten Monaten richtig ins Herz geschlossen hatte. Inge und Walter waren ihre Pflegeeltern. Mit Anfang sechzig schon ein wenig in die Jahre gekommen, sodass Brigitte sie im Stillen gerne als ihre Pflege*groß*eltern bezeichnete, aber freundlich und liebevoll – wie das bei Großeltern eben sein sollte.

Das vierzehnjährige Mädchen fühlte sich eigentlich ganz wohl seit sie hier war. Auf jeden Fall viel besser, als die eineinhalb Jahre davor im Krankenhaus und Kinderheim. Dafür war sie ihnen sehr dankbar. Doch seit einigen Wochen hatte auch Brigitte gemerkt, dass etwas nicht in Ordnung war. Walter und Inge versuchten es zwar zu verbergen, doch das stille Mädchen war ein aufmerksamer Beobachter und daher war ihr nicht entgangen, dass Walter immer blasser geworden war. Er hatte viele Arzttermine gehabt, was ihr anfangs nicht weiter verwunderlich vorkam, da er bereits ein älterer Herr war und daher mit Sicherheit auch die einen oder anderen gesundheitlichen Beschwerden hatte. Auch heute wirkte er erschöpft und kränklich, wie er da mit einer Wolldecke über den Beinen auf dem Wohnzimmersofa saß.

Brigitte trat näher, stellte ihre Krücken sorgfältig gegen die Wand und ließ sich auf dem kleinen Fußhocker nieder, der neben dem Sofa stand. Erwartungsvoll blickte sie Inge entgegen, während sie überlegte, ob sie irgendetwas falsch gemacht oder angestellt hatte. Die Frau schenkte ihr ein Lächeln; scheinbar hatte sie ihre Gedanken erraten. „Keine Sorge, mein Kind. Du hast nichts Falsches getan. Im Gegenteil. Wir hatten noch nie ein Pflegekind, das so hilfsbereit und freundlich war und wir würden uns liebend gerne weiterhin um dich kümmern."

,Aber?', dachte das Mädchen, als Inge eine Pause einlegte.

„Der Grund", fuhr sie dann fort, „warum wir mit dir reden müssen, ist ein anderer. Als wir dich zu uns nahmen, fühlten wir uns stark genug, uns noch einige Jahre um dich kümmern zu können. Unter normalen Umständen wäre das auch kein Problem gewesen. Doch jetzt sieht es leider etwas anders aus. Uns wird nichts anderes übrigbleiben, als dich zurück zu bringen, Brigitte, und das tut uns unendlich leid."

Das Mädchen konnte sehen, wie schwer es Inge fiel, ihr das zu sagen. Die Frau konnte die Tränen nur mit Mühe zurückhalten, davon war Brigitte überzeugt. Auch ihr brannte es in den Augen, als sie die Frau fassungslos anstarrte.

Walter hob seinen Arm auf Schulterhöhe und sagte dann mit schwacher Stimme: „Komm' mal zu mir, meine Kleine."

Brigitte stand langsam auf, hüpfte auf einem Bein zur Couch und ließ sich neben den Mann in die Kissen sinken. Walter legte den Arm um ihre Schulter und drückte sie sanft an sich, während er ihr einen Kuss auf die Stirn drückte. „Glaub' mir, wir haben uns diese Entscheidung nicht leicht gemacht. Aber Inge ist auch keine zwanzig mehr. Ich werde bald zu einem Pflegefall mutieren und Inge möchte mich so lange wie möglich gerne selbst pflegen. Da kann sie sich nicht auch noch angemessen um dich kümmern."

Mit verschleiertem Blick hob Brigitte ihren Kopf von der Brust des alten Mannes und blickte ihn fragend an. Walter strich ihr sanft eine rotbraune Locke aus der Stirn. „Sei bitte nicht traurig, mein Kind. Du bist doch schon fast fünfzehn und ein vernünftiges, junges Mädchen. Sie werden bestimmt bald eine neue Pflegefamilie für dich finden." Noch immer blickte sie ihn fragend an und schließlich antwortete er: „Ich habe Krebs, Brigitte. Und zwar eine ziemlich aggressive Form. Es wird nicht mehr lange dauern, bis ich ans Bett gefesselt sein werde. Und deinen sechzehnten Geburtstag werde ich wohl kaum mehr erleben."

Brigitte starrte ihn einen Moment lang fassungslos an, bevor sie ihm die Arme um den Hals warf und ihr Gesicht an seiner Brust verbarg. Walter strich ihr sanft über Haar und Rücken. „Weine ruhig, mein Kind. Das befreit. Das weiß ich aus eigener Erfahrung. Versprich mir nur, dass du es nicht zu sehr an dich heranlässt, ja? Ich hatte ein schönes Leben und jetzt ist es eben Zeit, sich zu verabschieden. Aber du sollst wissen, dass Kinder wie du dieses Leben lebenswert gemacht haben."

Zwei Wochen nach diesem Gespräch brachte Inge das Mädchen zurück ins Waisenhaus. Walter ging es von Tag zu Tag schlechter und sie konnten es nicht länger hinauszögern. Es war ein tränenreicher Abschied gewesen und Brigitte musste versprechen, auf sich aufzupassen. Nun wohnte sie wieder in einem dieser typischen Waisenhäuser: kalt, unpersönlich und abstoßend. Für Brigitte war es schon das dritte, aber in ihren Augen waren sie alle gleich. Sie hatte immer sehr große Probleme, sich zu integrieren, was vielleicht auch mit ihrer Behinderung zusammenhing. Sie blieb am liebsten für sich alleine, verkroch sich in ihrem Zimmer und ließ niemanden an sich heran.

Drei Monate nach ihrer Einlieferung erhielt sie einen Brief von Inge, in dem diese ihr mitteilte, dass Walter gestorben war. Brigitte schrieb ihr einen langen Brief zurück, danach hörte sie nie wieder etwas von ihr. Man sagte ihr nur, dass Inge kurz nach ihrem Mann ebenfalls gestorben wäre. Über die Umstände ihres Todes bekam sie jedoch keine Auskunft.

Die Zeit verging und schließlich bekam Brigitte eine neue Pflegefamilie. Die Listmanns hatten ein abgelegenes altes Bauernhäuschen in der Nähe eines Waldes. Das Mädchen fühlte sich dort anfangs sehr wohl. Horst und Patricia Listmann hatten den Wunsch geäußert, ein behindertes Mädchen aufzunehmen und waren so an die inzwischen Fünfzehnjährige geraten. Patricia war eine kleine Person, nicht größer als Brigitte und fast noch schmaler. Sie arbeitete hauptsächlich Nachtschicht, schlief, wenn Brigitte in der Schule war und hatte dann Zeit für das Mädchen, bevor sie wieder zur Arbeit fuhr.

Horst hingegen war eher der Typ *aus dem Leim gegangener Bauarbeiter*: groß und kräftig, mit Bauchansatz und behaarter Brust. Doch verhielt er sich mehr wie ein großer Teddybär, weshalb Brigitte ihn anfangs eigentlich ganz gerne hatte. Er arbeitete in einer Werkstatt als KFZ-Mechaniker.

In dem abgelegenen Haus war es ruhig und das Mädchen konnte sich in den Wald setzen und lesen, wenn sie nicht in der Schule war oder Hausaufgaben machte. Sie genoss diese Ruhe und Abgeschiedenheit und hätte nie für möglich gehalten, dass genau das ihr irgendwann einmal zum Verhängnis werden könnte.

Brigitte war bereits seit einem halben Jahr bei den Listmanns und hatte sich gut eingelebt, als die

Werkstatt, in der Horst arbeitete, pleiteging und er auf der Straße stand. Von da an ging es bergab. Horst fing an, regelmäßig Bier zu trinken, um seinen Frust fortzuspülen oder zu betäuben und seine Launen waren manchmal unerträglich. Daraufhin zog sich Brigitte immer mehr zurück, mied den Kontakt mit ihm, wann immer sie konnte und verkroch sich in ihrem Zimmer. Patricia war nun noch öfter nachts unterwegs, um das verlorene Einkommen ihres Mannes wenigstens ansatzweise aufzufangen.

In einer dieser Nächte, in denen sie nicht im Hause war, schreckte Brigitte aus dem Schlaf hoch. Im schwachen Licht der Flurbeleuchtung konnte sie die Umrisse von Horst erkennen, der mitten in ihrem Zimmer stand und ein wenig zu schwanken schien. In der Hand hielt er eine Bierflasche. „Weißt du eigentlich, Brigitte", fing er mit leicht lallender Stimme an, „dass wir es uns genaugenommen gar nicht mehr leisten können, dich zu versorgen? Ich meine: Unterkunft und Verpflegung sind teuer – sehr teuer. Da fände ich es nur gerecht, wenn du mir eine angemessene Gegenleistung erbringst. Einen kleinen Freundschaftsdienst sozusagen. Wir können dich natürlich auch auf die Straße setzen, zurück ins Heim. Aber glaube ja nicht, dass irgendjemand so blöd wäre, dich da nochmal rauszuholen. Du wirst darin bis an dein Lebensende versauern."

Brigitte fing an zu zittern. Sie wollte nicht zurück ins Heim. Ihr letzter Aufenthalt war die Hölle gewe-

14

sen. Alles, bloß das nicht! Das Licht des Flures fiel genau auf ihr entsetztes Gesicht, als sie sich aufrichtete, und ein zufriedenes Lächeln glitt über Horsts Züge.

„Siehst du? Das dachte ich mir. Und du kannst gleich damit anfangen, deine Schulden abzuarbeiten, mein Schatz. Ich verlange auch nicht viel. Du sollst nur ein bisschen lieb zu mir sein."

Etwas in seiner zuckersüßen Stimme ließ Brigitte die Haare zu Berge stehen. Angst machte sich in ihr breit, als Horst auf sie zutrat. „Gib' mir deine Hand." Zögernd reichte Brigitte ihm ihre Hand, die er mit seiner doppelt so großen Hand umschloss und an seinen Körper zog. Im nächsten Moment legte er ihre Hand auf seinen Unterleib. Das Mädchen spürte die Wölbung unter der Schlafanzughose ihres Pflegevaters und zuckte erschrocken zurück. Doch gegen den schraubstockartigen Griff des Mannes kam sie nicht an, der ihre Hand weiter auf seine Genitalien presste und langsam daran hoch und runter strich. Brigitte hob die zweite Hand und versuchte, sich zu befreien, woraufhin Horst die Bierflasche fallen ließ und sie mit seiner nun freien Hand ebenfalls umklammerte.

Fassungslos starrte das Mädchen auf ihre Hand, die gezwungen wurde, ihn zu streicheln. Obwohl sie aufgrund der Dunkelheit nichts erkennen konnte, spürte sie doch durch den dünnen Stoff, wie ihn die Berührung erregte, sein Glied größer und fester wurde und sich langsam aufrichtete. Endlich ließ er ihre Hände los und Brigitte rutschte auf ihrem Bett in die hinterste Ecke

„Das war schon nicht schlecht für den Anfang, aber du bist noch nicht fertig. Komm' her!" Horst beugte sich vor und zog sie an den Handgelenken zurück zur Bettkannte. Seine Schlafanzughose glitt auf den Fußboden. Brigitte schloss die Augen – sie wollte nicht sehen, was sich ihr da erwartungsvoll entgegenstreckte.

Nun zwang Horst sie, sein Glied mit der Hand zu umschließen. Während er ihre Hände fixierte, bewegte er seine Hüften energisch vor und zurück, sodass die daraus entstehende Reibung ihn immer mehr in Ektase versetzte. Brigitte hämmerte mit ihrer freien Hand auf seinen Brustkorb, doch das schien der Mann überhaupt nicht zu spüren. Er ließ das Mädchen erst los, als sich seine angestaute Lust in einem Spermastrahl und einem erlösenden Stöhnen des Mannes entlud.

Brigitte ergriff die Gelegenheit und kroch auf allen Vieren in das kleine Badezimmer, das sie alleine benutzte, warf die Tür zu und drehte den Schlüssel herum. Sie schaffte es gerade noch, den Deckel der Toilette zu öffnen, bevor sie sich übergeben musste. Anschließend riss sie sich den Schlafanzug vom Leib, der genau wie ihre Haare und ihr Gesicht mit einer klebrigen, weißlichen Flüssigkeit besudelt war, und versuchte, sich am Waschbecken zu säubern. Den Rest der Nacht verbrachte sie nur mit einer Unterhose bekleidet, zusammengekauert und am ganzen Leib zitternd in der Ecke der Duschkabine. Erst als sie Patricia nach Hause kommen hörte, traute sie sich schließlich aus dem Badezimmer und zog sich an. In der Schule wunderte sich niemand, dass sie heute noch blasser und schreckhafter wirkte, als sonst und so erfuhr auch niemand etwas von dem, was in der letzten Nacht passiert war.

Doch Horst ließ es nicht bei dieser Nacht bewenden. Von nun an kam er fast jede Nacht, in der seine nichtsahnende Ehefrau auf der Arbeit war, in das Schlafzimmer des Mädchens und zwang sie, ihn – anfangs nur mit den Händen, später auch oral – zu befriedigen. Brigitte hatte inzwischen panische Angst davor, ins Bett zu gehen.

Einmal hatte sie versucht, ihr Zimmer abzuschließen, doch Horst hatte die Tür aufgebrochen und ihr anschließend die Schlüssel für das Zimmer und das Badezimmer abgenommen. Anfangs hatte der berauschte Zustand des Mannes seine Hemmschwelle herabgesetzt, das Mädchen zu missbrauchen. Inzwischen hatte er Gefallen daran gefunden und brauchte sich nicht zu betrinken, fand es sogar äußerst anregend, im nüchternen Zustand die ganze Tragweite ihrer Berührungen auszukosten. Dennoch trank er nach wie vor zu viel, was Patricia stillschweigend duldete.

Doch dann kam der Punkt, an dem ihm auch der Oralverkehr nicht mehr ausreichte und er mehr verlangte. Die Panik verlieh Brigitte ungeahnte Kräfte, als er ihr eröffnete, was er nun von ihr verlangte und ihr mit Gewalt das Oberteil über den Kopf zog. Das Mädchen wehrte sich gegen seine Berührungen an ihrer Brust und schaffte es schließlich, ihn von sich wegzustoßen. Zitternd kroch sie in den Flur, wo er sie wieder einholte, ihr in den Bund der Hose griff und diese herunterzog, während sie versuchte, von ihm wegzukriechen.

Sie kam jedoch nur bis zum Wohnzimmer, wo er sich auf sie warf, ihre Handgelenke ergriff und neben ihrem Kopf auf den Boden presste. Mit den Knien stemmte er ihre Beine auseinander und drang schließlich in ihren Körper ein. Der Schmerzensschrei, den sie mit weit aufgerissenem Mund ausstieß, war stumm und konnte von niemandem außer ihr selber gehört werden. Immer wieder öffnete sie den Mund zu weiteren Schreien, doch bei keinem einzigen entrann ihrer Kehle auch nur der geringste Laut. Horst merkte, wie ihr Körper plötzlich erschlaffte und ihre Gegenwehr verebbte. Sie hatte das Bewusstsein verloren.

Er richtete sich auf, um ein Glas Wasser zu holen, als das Mädchen wieder aufwachte, ihre Chance erblickte und so schnell sie konnte aufsprang und auf einem Bein zur Tür hechtete. Horst verhedderte sich in seiner heruntergelassenen Hose, was ihr ein paar Meter Vorsprung verschaffte. Erst im Wald holte er sie ein, riss sie zu Boden und vergewaltigte sie an Ort und Stelle. Die kalte Luft und der Schnee um ihn herum störten ihn nicht, er bewegte sich ausreichend und sein Körper war heiß und mit

Adrenalin vollgepumpt. Das Mädchen hingegen lag mitten im tiefen Schnee, ohne den Schutz irgendwelcher Kleidung. Als er mit ihr fertig war, war sie nicht mehr in der Lage, sich zu bewegen. Ihr Körper schmerzte höllisch und sie war stark unterkühlt.

Horst hob sie hoch und trug sie wieder ins Haus. Zurück blieb nur der Abdruck ihres schmalen Körpers und einige Tropfen Blut, die der vom Himmel fallende Schnee bald verdeckte. Brigitte hatte auch in den kommenden Wochen keine Möglichkeit, sich gegen seine Übergriffe zu wehren. Die Stunden im Schnee hatten sie krank gemacht. Sie hatte hohes Fieber und musste zwei Wochen lang das Bett hüten, bevor sie wieder in die Schule durfte.

Tagsüber wurde sie liebevoll von Patricia umsorgt und auch Horst ließ sich nichts anmerken und schien nach außen hin der besorgte Pflegevater zu sein. Doch als Patrica nach dem Wochenende wieder zur Arbeit musste, erschien er wieder jede Nacht in ihrem Zimmer.

Aufgrund ihres geschwächten Zustandes hatte sie ihm nichts entgegenzusetzen und stellte nach einigen Tagen fest, dass die Vergewaltigungen weniger schmerzhaft und schneller vorbei waren, wenn sie einfach ihre Hose auszog, die Beine öffnete und ihn machen ließ. Manchmal war dann alles nach wenigen Minuten vorbei und er ließ sie in Ruhe. So vergingen mehrere Monate, in denen Horst noch immer keine neue Stelle gefunden hatte und deshalb immer wieder trank und seinen Frust an dem unschuldigen Mädchen ausließ. Immer öfter stritt er sich mit Patricia, die Vollzeit arbeitete und zusätzlich noch den kompletten Haushalt erledigen sollte, während Horst den ganzen Tag nur sein Bier in sich hineinschüttete.

Brigittes sechzehnter Geburtstag kam und ging und das Leben wurde immer schwieriger mit dem meist betrunkenen Mann. Der einzige Vorteil war, dass Horst oft zu betrunken war, um sich an dem Mädchen zu vergehen, was ihr nur recht sein konnte. Doch irgendwann hatte Patricia genug von seiner Sauferei. Brigitte konnte den lautstarken Streit der beiden durch sämtliche, geschlossenen Türen hören. Er endete damit, dass Patricia bereits am Vormittag ihre Koffer packte und wutentbrannt für ein paar Tage zu einer Freundin zog.

Horst brüllte noch immer, als sie bereits weggefahren war und zeterte darüber, was manchen Frauen einfallen würde und dass *er* hier das Sagen hatte. Um seine Worte zu unterstreichen, zwang er Brigitte – zum ersten Mal am helllichten Tag – ihn auf der Wohnzimmercouch zu befriedigen, erst händisch, dann oral. Während sie widerwillig tat, was er verlangte, setzte er immer wieder eine Flasche Wodka an die Lippen. Dann verlangte er von dem Mädchen, dass sie sich vor ihm auszog.

Brigitte weigerte sich und machte ihn damit noch rasender, als er ohnehin schon war. Er schlug ihr die Hand ins Gesicht und zerrte ihr die Bluse vom Leib. Als er sie auf die Couch stieß, verschüttete er etwas des Wodkas auf ihrem Körper und fing daraufhin an, diesen mit der Zunge von ihren Brüsten zu lecken. Brigitte wurde übel und sie musste gegen den Würgereiz ankämpfen. Wenig später fiel er über das Mädchen her, vergewaltigte sie mehrere Male und überhäufte sie mit Beschimpfungen. Er würde ihr schon zeigen, wer hier der Mann wäre, dass er das Sagen hätte und sie tun müsse, was er verlangte. Er sagte, dass er sie und Patricia umbringen würde, wenn sie jemals irgendjemandem auch nur ein Sterbenswörtchen davon erzählen würde. Wieder und wieder fiel er in den folgenden Stunden über sie her und als sie endlich den Mut fasste, sich zu wehren, schlug er so lange auf sie ein, bis sie fast bewusstlos war, nur um dann immer noch in sie einzudringen, während er weiterhin an der inzwischen zweiten Flasche nuckelte.

Er spürte gerade noch, wie sich der Druck in seinem Unterleib schließlich mit Gewalt in ihrem Körper entlud, ließ die Flasche fallen, sackte zur Seite und rollte von der Couch auf den Fußboden, wo er liegen blieb, während aus seinem Glied die letzten Reste seiner Befriedigung sickerten. Brigitte nutzte die Gelegenheit und stemmte sich von dem Sofa hoch, was ihr höllische Schmerzen bereitete. Ihr Unterleib tat weh, Blut lief ihr die Beine entlang und über das Gesicht. Für einen Moment starrte sie angeekelt auf das gehasste Körperteil ihres Peinigers, das immer mehr ins sich zusammensackte und schließlich klein und unschuldig zwischen seinen

Beinen hin, während sein Besitzer anfing zu schnarchen.

Mühsam schleppte sie sich in ihr Schlafzimmer, streifte sich eine kurze Hose und ein T-Shirt über und griff nach ihrer Umhängetasche, in die sie einen Stoffelefanten hineinstopfte. Dann schnappte sie sich ihre Krücken und humpelte so schnell sie konnte in den Wald hinaus. Die Sonne ging gerade auf und ließ ihr noch schwaches Licht gespenstisch über die Bäume fluten. Jeder Schritt verursachte Brigitte Schmerzen im Unterleib. Die zahlreichen Hämatome und Wunden taten ebenfalls weh und bluteten teilweise sogar. Immer weiter schleppte sie sich durch den Wald, bis sie auf einen jungen Mann traf, der zu dieser frühen Stunde mit seinem Hund Gassi ging.

EICHENHEIM

„Was ist denn mit dir passiert? Bist du überfallen worden?", fragte dieser sofort, als er ihr zerschundenes Gesicht sah. „Oh mein Gott, du blutest ja", stellte er dann mit einem Blick auf ihre Beine fest. Brigitte folgte seinem Blick, dann wurde es dunkel um sie. Der junge Mann konnte gerade noch verhindern, dass sie stürzte, legte sie sanft auf dem Boden ab und zog sein Handy hervor, um einen Notruf abzusetzen.

Zwanzig Minuten später beobachtete er immer noch fassungslos, wie das junge Mädchen in einen Rettungswagen geschoben wurde. Der Notarzt kam kurz zu dem Polizisten an seiner Seite und reichte ihm Brigittes Tasche und ihren Schülerausweis. „Das hatte sie bei sich. Ihr Name ist Brigitte Zöllner. Das Mädchen ist gerade mal sechzehn."

„Wurde sie… vergewaltigt?", fragte der Polizist, nachdem er das Bild auf dem Ausweis betrachtet hatte.

„Ja, es sieht ganz danach aus."

„Dann denken Sie bitte an die übliche Vorgehensweise. Sicherstellung der Kleidung, Spermaspuren und so weiter. Wir kommen später in die Klinik."

„Wir schauen, was wir tun können. Jetzt müssen wir sie erst einmal durchbringen. Die Blutungen machen mir Sorgen."

Der Polizist nickte und wandte sich wieder an den jungen Mann, während der Rettungswagen abfuhr und sein Kollege ihm den Ausweis aus der Hand nahm, um in der Zentrale nachzufragen, wo das Mädchen wohnte.

„Warum tut jemand so etwas?", fragte der junge Mann fassungslos. „Ein behindertes, sechzehnjähriges Mädchen. Die Kleine hatte doch keine Chance."

„Ich weiß es nicht", antwortete der Polizist wahrheitsgemäß.

Nachdem er und sein Kollege den jungen Mann ausgiebig befragt und nach Hause geschickt hatten, machten sich die Beamten auf den Weg zu der gespeicherten Adresse von Brigitte Zöllner. Sie fanden die Tür weit geöffnet vor und konnte im Eingangsbereich Blutstropfen erkennen, denen sie mit gezückter Pistole folgten. Der Anblick des Wohnzimmers versetzte selbst die erfahrenen Beamten in Erschütterung. Horst lag noch immer mit heruntergelassener Hose mitten auf dem Fußboden und schlief. Das Blut des Mädchens schien überall zu sein: auf seinem Unterleib, seinen Händen, dem Sofa und dem Fußboden, sogar an der Kante und neben dem Esstisch. Er musste das Mädchen zeitweise auf den Tisch geworfen und danebenstehend vergewaltigt haben. Die Kriminalpolizei verbrachte Stunden damit, alle Spuren an dem Mann und in dem Haus zu sichern, Horst kam in eine Ausnüchterungszelle und wurde später dem Haftrichter vorgeführt.

Währenddessen war Brigitte ins Krankenhaus eingeliefert worden und lag mit festgebundenen Beinen auf einem gynäkologischen Stuhl, damit sie untersucht und Spuren gesichert werden konnten. Man hatte ihr dazu eine Spinalanästhesie gegeben, sodass sie keinerlei Schmerzen verspürte. Dennoch konnte sie die Berührung in ihrem Intimbereich fühlen, als der Schockzustand nachließ und sie anfing, wieder etwas bewusst wahrzunehmen. Panik erfüllte ihren Körper, als sie merkte, dass sie die Beine nicht bewegen konnte und sie jemand anfasste. Sie dachte natürlich, Horst hätte sie wieder eingefangen und würde sie erneut vergewaltigen.

Mit noch immer geschlossenen Augen stieß sie einen stummen Schrei aus und fing an, wild um sich zu schlagen. Hände griffen nach ihr und fixierten ihre Arme auf einem Brett, während eine freundliche, weibliche Stimme zu ihr sprach. „Ganz ruhig, Brigitte. Wir wollen dir nur helfen. Ich bin Dr. Baier. Ich weiß, dass dir schlimme Sachen passiert sind, aber du musst uns jetzt helfen. Du bist schwer verletzt worden und wir müssen versuchen, die Blutungen zu stillen und die Verletzungen zu behandeln. Mach' bitte mal die Augen auf."

Gehorsam öffnete das Mädchen die Augen und blickte in das freundliche Gesicht einer jungen Ärztin. Sofort gab sie den Widerstand auf. „So ist es besser. Schau' mich an, wenn dir das hilft. Bald ist es vorbei." Sie strich ihr vorsichtig eine Haarsträhne aus den Augenwinkeln und wischte dann die Tränen, die dem Mädchen aus den Augen quollen, mit einem Tuch weg.

Jemand hatte ihr ein Beruhigungsmittel in die Infusion gegeben und nach einer Weile wurde das Zittern schwächer, während die Ärzte ihre Arbeit machten. Das Mädchen fühlte sich müde und schwummrig und schließlich war es ihr egal, was die da eigentlich taten.

Brigitte musste zwei Wochen im Krankenhaus bleiben, bis ihre Verletzungen – zu mindestens die körperlichen – soweit verheilt waren, dass man sie entlassen konnte. Bei den Untersuchungen hatte man festgestellt, dass die monatelangen Übergriffe ihres Pflegevaters nicht ohne Folgen geblieben waren. Brigitte war im dritten Monat schwanger gewesen, hatte das Kind jedoch durch den Gewaltausbruch ihres Peinigers in dieser Nacht verloren, was auch die starken Blutungen erklärte. Außerdem hatte sie zahlreiche innere und äußere Verletzungen davongetragen, die jedoch nach und nach verheilten. Übrig blieben die psychischen Verletzungen, die Brigitte tief in ihrem Inneren vergrub, nachdem sie einer Polizistin aufgeschrieben hatte, was Horst mit ihr gemacht hatte und wie lange sie seine Übergriffe hatte ertragen müssen.

Die Ärzte versuchten, sie zu einer Therapie zu

überreden, aber Brigitte weigerte sich, mitzuarbeiten. Schließlich blieb den Ärzten nichts Anderes übrig, als sie zu entlassen und in das nächste Kinderheim zu stecken.

Wie üblich saß Brigitte in ihrem Zimmer und war in ein Buch vertieft. Wenn sie in die Fantasiewelt einer guten Geschichte eintauchen konnte, fühlte sie sich frei und unbeschwert, dann war ihre Welt in Ordnung. Deshalb verbrachte sie auch jede freie Minute mit ihren Büchern und wenn sie gerade einmal nicht am Lesen war, fand man sie mit Sicherheit in der Bibliothek wieder.

Es klopfte und ohne eine Antwort abzuwarten, stürmte ein etwa zehnjähriger Junge ins Zimmer und blieb schlitternd vor ihr stehen. „He, Neue", sagte er unfreundlich und erntete daraufhin einen bösen Blick.

,Idiot. Ich habe einen Namen!', dachte Brigitte böse, blieb aber stumm.

„Der Alte will dich in der Küche sehen", fuhr der Knabe ungerührt fort und verschwand im nächsten Moment durch die Tür. Die Funken, die aus Brigittes Augen sprühten, übersah er geflissentlich.

Brigitte seufzte und legte ihr Buch zur Seite. Wenn der Chef rief, sollte man sich besser beeilen. Sie kannte das schon. Immerhin war es nicht das erste Kinderheim, in dem sie ihr trauriges Leben fristen durfte. Mit gekonntem Griff schnappte sie sich ihre Krücken und stemmte sich hoch. Dann machte sie sich auf den Weg ins Treppenhaus. Küchendienst war zwar nicht gerade ihre liebste Beschäftigung aber es gab wesentlich schlimmere Dienste, die gemacht werden mussten.

Brigitte war erst seit kurzem hier, nachdem sich ihre letzten Pflegeeltern als ungeeignet erwiesen hatten. Sie lachte böse, als sie daran zurückdachte, wie sich der Heimleiter ausgedrückt hatte. So konnte man es natürlich auch nennen, wenn ein übergewichtiger, betrunkener Mann der Meinung war, nur weil sie nicht wegrennen konnte wäre es in Ordnung, sie als Sexspielzeug zu missbrauchen. Brigitte schüttelte es, als sie sich an Horst erinnerte – ihr wurde immer noch übel, wenn sie daran zurückdachte. Energisch schüttelte sie den Kopf und versuchte, die Bilder zu verdrängen, die sich wieder einmal in ihren Kopf geschlichen hatten.

Während sie die vom Wischen noch feuchte Treppe hinunterhumpelte, rief ein Mädchen des Putzdienstes gehässig: „He, Krüppel, fall bloß nicht die Treppe runter! Ich bin gerade fertig geworden und habe keine Lust, wieder von vorne anfangen zu müssen, um den Fettfleck zu entfernen, den du dann hinterlässt." Drohend wedelte sie mit ihrem Wischmopp, den sie gerade ausgewrungen hatte.

Brigitte schluckte die Tränen hinunter, die sich ihren Weg bahnen wollten und lief wortlos weiter. Derartige Beschimpfungen waren zwar nicht neu für sie, aber das machte es trotzdem nicht leichter. Dabei war sie gar nicht dick – nicht einmal als moppelig

28

konnte man sie bezeichnen, auch wenn die weiten Pullover sie kräftiger aussehen ließen, als sie in Wirklichkeit war. Das einzig kräftige an ihr waren ihre Oberarme, was angesichts der Tatsache, dass sie seit mehreren Jahren auf Krücken herumlief, nicht verwunderlich war. Ansonsten war ihr Aussehen eher normal. Sie war schlank, mittelgroß und ihre rotbraunen Haare fielen ihr in sanften Wellen über den Rücken. Langsam ging sie weiter die Treppe hinunter.

Beim Betreten des Speisesaals, wurde sie schon von Herrn Weidel, dem Leiter des Heimes, erwartet. „Hallo Brigitte. Du hast für die nächste Woche Tischdienst", sagte er freundlich, aber bestimmt, „Du kannst dir das Geschirr in der Küche abholen."

Brigitte nickte nur und machte sich an die Arbeit, um die Tische zu decken. Es fiel ihr schwer, den Geschirrwagen zu bewegen, da ihre Krücken sie dabei behinderten. Aber das Mädchen beklagte sich nicht, genaugenommen hatte noch nie jemand eine Klage von ihr vernommen.

Bevor sie mit ihrer Arbeit fertig war, kamen bereits die ersten Bewohner in den Saal gestürmt. Auch das Mädchen vom Putzdienst war dabei und grinste Brigitte frech an: „Das kann ja nix werden, wenn man einen Krüppel die Arbeit machen lässt", sagte sie mit herablassender Stimme und Brigitte zuckte unwillkürlich zusammen, als wenn sie den mentalen Schlag auch körperlich fühlen könnte.

„Das ist aber nett von dir, Vanessa, dass du

Brigitte helfen möchtest", ertönte es daraufhin hinter ihr und das Mädchen mit dem Namen Vanessa wirbelte erschrocken herum. Eine der Betreuerinnen – Brigitte wusste ihren Namen nicht mehr – lächelte sie zuckersüß an, doch ihre Augen verrieten, wie ungehalten sie über Vanessas Bemerkung war.

„Aber ich habe doch bereits Putzdienst, Frau Zwinscher", beschwerte sich Vanessa und warf ihre langen, blonden Haare keck über die Schulter.

„Dann solltest du vielleicht in Zukunft deine Wortwahl überdenken, bevor du deinen Mund aufmachst", konterte Frau Zwinscher und Brigitte senkte verlegen den Blick. Sie mochte es nicht, wenn Leute wegen ihr stritten.

„Aber sie ist doch ein Krüppel", brauste Vanessa auf, verstummte jedoch, als sie das Funkeln in den Augen der Pädagogin bemerkte.

„Ich kann dich auch gerne zusätzlich noch zum Toilettendienst einteilen, wenn du nicht ausgelastet bist." Der Toilettendienst war der meist gehasste Dienst von allen und daher verfehlte diese Drohung ihre Wirkung nicht.

Vanessa verbiss sich eine weitere, freche Bemerkung und nuschelte stattdessen: „Ich gehe ja schon", woraufhin sich Frau Zwinscher befriedigt abwendete und in Richtung Betreuer-Ecke marschierte. Vanessa ergriff mit wutverzerrtem Gesicht einen Stapel Teller, wandte sich Brigitte zu und zischte leise: „Verpiss' dich, Krüppel, bevor ich mich vergesse. Das zahl' ich dir noch heim!"

Brigitte spürte den Hass in ihrer Stimme und fragte sich, was zum Kuckuck sie Vanessa getan hatte, dass diese ständig auf ihr herumhackte, seit sie dieses Haus betreten hatte. Als sie den Geschirrwagen in die Küche zurückbringen wollte, trat Vanessa ihr *versehentlich* gegen ihre Krücken, woraufhin Brigitte der Länge nach hinfiel und mit dem Kopf auf dem Boden aufschlug, da ihre Krücken sie daran hinderten, sich rechtzeitig abzufangen. Benommen blieb sie einige Sekunden liegen, während um sie herum lautes Gelächter erschallte.

„Hast du dir etwas getan?", fragte Frau Zwinscher besorgt, die durch den Tumult angelockt worden war und nun umständlich versuchte, ihr hoch zu helfen. Brigitte schüttelte den Kopf und stemmte sich hoch. Als die Pädagogin besorgt die Beule an ihrer Schläfe musterte und diese untersuchen wollte, drehte sich Brigitte abrupt weg und humpelte, den Geschirrwagen vor sich herschiebend, in Richtung Küche davon. Sie wollte nicht, dass jemand die Tränen sah, die ihr in den Augen brannten.

In der Küche lieferte sie den Wagen ab und lief durch den Hintereingang der Küche auf den Hof hinaus. So schnell sie konnte ging sie auf den Wald zu. Erst, als die Dunkelheit sie umhüllte, die die großen Bäume verbreiteten, blieb sie stehen, setzte sich auf einen Baumstumpf und schlug die Hände vors Gesicht. Das Mädchen ließ ihren Tränen nun freien Lauf, während ihre Gehhilfen auf den Boden purzelten.

Sie wusste nicht, wie lange sie dort gesessen hatte, bis die Tränen endlich versiegten, aber sie fühlte sich ein bisschen besser, als sie sich schließlich das Gesicht trocknete. Dabei fühlte sie die dicke Beule an der Stirn, die sicherlich morgen in bunten Farben leuchten würde. Na toll, jetzt war sie nicht nur *DIE NEUE* oder *DER KRÜPPEL*, sondern vermutlich auch doch *DER FREAK* oder *DER ZOMBI*.

‚Ich will hier weg‘, dachte sie niedergeschlagen, *‚ganz egal wohin, alles ist besser, als dieser Ort und seine Bewohner‘.*

Als sie endlich wieder in ihr Zimmer kam, war das Abendessen bereits vorbei. Brigitte zog sich um und legte sich in ihr Bett. Ein paar Minuten später betrat Mia, ihre 14jährige Mitbewohnerin, den Raum. Sie stellte einen Teller auf Brigittes Nachttisch, auf dem zwei belegte Brote lagen.

„Ich dachte, du hast vielleicht Hunger", sagte sie leise.

Brigitte drehte sich zur Wand und Mia meinte: „Na vielleicht ja später." Damit drehte sie sich um und kümmerte sich nicht weiter um Brigitte, die sich heimlich eines der Brote schnappte und erneut zur Wand gedreht hinein biss.

Als sich Mia noch einmal zu ihr umwandte, bemerkte sie das fehlende Brot und lächelte zufrieden. Sie hatte sich bereits an die stille Zimmernachbarin gewöhnt und irgendwie tat ihr die Sechzehnjährige leid. Warum trampelten nur alle auf ihr herum? Okay, sie war nicht gerade gesprächig – wenn man es genau nahm, hatte Mia sie noch kein einziges Wort reden hören, aber ansonsten konnte sie nichts Negatives gegen das Mädchen sagen. Brigitte las viel, arbeitete gewissenhaft für die Schule und blieb weitestgehend für sich alleine. Man munkelte, dass in ihrer letzten Pflegefamilie irgendetwas vorgefallen war, aber Mia hatte keine Ahnung, was genau das war. Das Einzige, das Mia an Brigitte etwas störte, waren ihre Albträume. Regelmäßig warf sie sich nachts im Bett herum, stöhnte oder wimmerte sogar im Schlaf, sodass Mia bereits mehrfach davon aufgewacht war. Aber für ihre Träume konnte sie ja nichts, viele der Bewohner von Eichenheim litten unter Albträume; das war grundsätzlich nichts Besonderes.

Auch in dieser Nacht schlief Brigitte wieder sehr unruhig. Flammen tauchten vor ihrem inneren Auge auf, jemand schrie fürchterlich, überall war Rauch und ihr Körper tat höllisch weh. Dann erwachte sie schweißgebadet und konnte lange nicht wieder einschlafen. Immer wieder tauchte das Gesicht ihrer Mutter auf, die sie mit vor Angst aufgerissenen Augen anstarrte. Brigitte versuchte, das Bild zu verdrängen, aber es bahnte sich wieder und wieder seinen Weg in ihren Kopf.

Als sie am nächsten Morgen durch ihren Wecker geweckt wurde, hatte sie das Gefühl, überhaupt nicht geschlafen zu haben. Müde rieb sie sich die Augen und krabbelte verschlafen aus dem Bett. Sie hatte Kopfschmerzen und als sie im Badezimmer in den Spiegel schaute, fand sie ihre Befürchtungen bestätigt. Ihre Beule leuchtete in allen möglichen Farben und als sie sanft darüber strich, zuckte sie unwillkürlich zusammen. Mit einem feuchten Waschlappen kühlte sie ihre Stirn, bevor sie sich schließlich wusch und ankleidete.

Bei ihrer Rückkehr ins Zimmer, wurde sie bereits von Mia erwartet. „Ich habe schon mal dein Bett gemacht", sagte diese fröhlich und Brigitte warf ihr einen dankbaren Blick zu. Mit ihrer Schultasche auf dem Rücken ging sie zum Frühstück, wo sie wie ein seltenes Tier beglotzt wurde. Brigitte ignorierte die aufdringlichen Blicke, schlang ihr Müsli hinunter und eilte als erste aus dem Speisesaal. Sie war froh, dass sie einen reservierten Sitzplatz im Schulbus hatte. Vor allem, da sich dieser vorne an der Bustür befand, während Vanessa es vorzog, mit ihren Freundinnen im hinteren Teil zu fahren. So musste sich Brigitte nicht die ganze Fahrt über von ihr ärgern lassen. Dennoch konnte es Vanessa natürlich nicht lassen, sie beim Einsteigen als lahme Kröte zu titulieren, aber Brigitte ließ die Beschimpfung an sich abprallen.

Während sie das Schulgebäude betrat, war sie froh, dass sie wenigstens für die nächsten Stunden Ruhe vor diesem gemeinen Mädchen hatte, denn diese ging auf die in einem anderen Gebäude untergebrachte Hauptschule, während Brigitte aufs Gymnasium ging.

Im Klassenzimmer grinste Felix sie an und deutete auf ihre Beule: „Mit wem hast du dich denn gekloppt?" Felix, der zwar ein gutes Jahr jünger als Brigitte war, da sie aufgrund des langen Krankenhausaufenthaltes eine Klasse wiederholt hatte, überragte sie jedoch um fast zwanzig Zentimeter. Dennoch hatte Brigitte keine Angst vor dem Riesen und blickte ihm trotzig ins Gesicht.

„Ach, ich vergaß", grinste Felix, „unser Neuzugang spricht ja nicht mit jedem." Grinsend wandte er sich ab und schlurfte zu seinem Sitzplatz. Brigitte musste in den nächsten Tagen noch einige Sticheleien ertragen, bis ihre Verletzung weit genug abgeklungen war, um die Beule mit ein bisschen Puder abdecken zu können.

NEUANFANG

Bei einem Schulausflug zwei Wochen später ins nahe gelegene Schwimmbad war von der Verletzung kaum noch etwas zu sehen. Dennoch blickte sie mit Unbehagen auf den kommenden Tag. Einerseits liebte sie die Schwerelosigkeit, in der sie sich ohne Gehhilfe frei bewegen konnte – sie war sogar eine recht gute Schwimmerin. Andererseits fürchtete sie die Blicke ihrer Mitschüler, die sie erst seit relativ kurzer Zeit kannten.

Als sie mit Badeanzug und Schwimmshirt bekleidet in die Schwimmhalle trat, hatte sich der Rest der Klasse bereits versammelt. Sie bekamen von der Lehrerin letzte Anweisungen und durften sich dann frei im Schwimmbad bewegen.

„Sag' mal, möchtest du nicht lieber dein albernes Shirt ausziehen, Brigitte?"

Brigitte schüttelte energisch den Kopf.

„Komm' schon, Mädchen. Du hast doch eine tolle Figur, die kannst du doch auch zeigen", redete die Klassenlehrerin auf das Mädchen ein, während sie ihr das Shirt über den Kopf streifen wollte. Dabei fiel ihr Blick auf Brigittes Rücken und mit vor Entsetzen geweiteten Augen stotterte sie: „Vielleicht ist es doch besser, wenn du es anlässt."

Erleichtert zerrte Brigitte das Shirt wieder zurecht,

bevor sie sich in das Schwimmbecken verzog. Erst als der Ausflug seinem Ende zuging, kletterte sie aus dem Becken, schnappte sich ihre Krücken und verschwand in der Umkleide. Aber ab diesem Tag betrachtete die Lehrerin sie mit anderen Augen.

Inzwischen lebte Brigitte seit über zwei Monaten auf Eichenheim und hatte gelernt, die ständigen Gehässigkeiten ihrer Mitbewohner zu ertragen. Wenn sie konnte, versteckte sie sich im Wald und versank im Reich der Fantasien. Die Bücher gaben ihr Kraft und ließen sie der Realität entfliehen.

Mia war die einzige Mitbewohnerin, die sich wirklich freundlich ihr gegenüber verhielt. Das dunkelhäutige Mädchen war nie gemein zu ihr oder betitelte sie mit irgendwelchen Schimpfnamen, sondern gab sich Mühe, ihr behilflich zu sein. Dennoch hatte Brigitte nicht vor, sie näher als unbedingt notwendig an sich heranzulassen. Sie wollte alleine sein mit ihrem Kummer. Außerdem war ihr wohl bewusst, dass eine eventuelle Freundschaft nur allzu schnell auseinander gerissen werden würde, falls eine von ihnen eine neue Pflegefamilie bekommen sollte.

Brigitte kannte das bereits; sie war ja schon in zwei Pflegefamilien und dazwischen immer in verschiedenen Heimen gewesen. Was würde wohl als nächstes kommen? Würde sie bis zur Volljährigkeit hierbleiben müssen oder würde sie vielleicht wieder in eine neue Pflegefamilie kommen? Und was würde diesmal passieren, damit sie dann im nächsten Heim landete?

Brigitte war sich nicht sicher, ob sie sich überhaupt eine neue Pflegefamilie wünschte. Aber hier bleiben wollte sie eigentlich auch nicht mehr. Immer wieder wurde sie als Sündenbock für irgendwelche Vergehen ihrer Mitbewohner hingestellt, da sie sich nicht wehrte, wenn sie jemand beschuldigte. Ohne mit der Wimper zu zucken, ertrug sie jede auferlegte Strafe und das wurde natürlich von den Mitbewohnern umfangreich ausgenutzt.

Deshalb zermarterte sich Brigitte auch den Kopf, was sie dieses Mal wieder angestellt haben sollte, als sie an einem Freitagnachmittag ins Büro des Heimleiters geschickt wurde. Vorsichtig öffnete sie die Bürotür von Herrn Weidel, nachdem sie angeklopft und dieser sie hereingebeten hatte.

Der Mann forderte sie mit einem Kopfnicken in Richtung Stuhl auf, sich zu setzten. Dann schob er Brigitte ein paar Fotos zu, auf denen ein Bauernhof und eine Familie zu erkennen waren: Vater, Mutter und zwei Jungen, beide so um die zwanzig Jahre alt. Sie lächelten in die Kamera, während ein Hund von nicht zu definierender Rasse an dem jüngeren der beiden Jungen hochsprang. Brigitte lächelte unvermittelt über den Vierbeiner.

„Das sind die Sandbachs", setzte Herr Weidel zur Erklärung an. „Vater Wolfgang, Mutter Karin und die beiden Söhne Patrick und Timon. Patrick ist der leibliche Sohn der Sandbachs und Timon war ihr

Pflegesohn." Brigitte wurde hellhörig. „Die beiden Jungen sind inzwischen volljährig und die Familie möchte gerne wieder ein Pflegekind aufnehmen. Um genau zu sein: eine Pflegetochter. Frau Sandbach ist der Meinung, sie brauche ein bisschen weibliche Unterstützung mit drei Männern im Haus. Sie möchte gerne eine Tochter, da es ihr selber nicht vergönnt war, eine zu bekommen."

Brigitte wusste natürlich, warum er ihr diese Bilder zeigte und von der Familie erzählte und blickte schließlich fragend auf ihre Krücken, die sie an die Tischplatte gelehnt hatte.

„Oh, das ist kein Problem. Die Sandbachs wissen Bescheid. Und es stört sie überhaupt nicht."

Brigitte betrachtete erneut das Bild mit der Familie, während ihr Herr Weidel erzählte, dass die Familie auf einem Bauernhof mit verschiedenen Tieren lebten; hauptsächlich züchteten sie wohl Schafe, hatten aber auch ein paar Rinder, Pferde und Ponys sowie etwas Federvieh. Das fand Brigitte gar nicht so schlecht, Tiere redeten wenigstens nicht auf sie ein oder stellten blöde Fragen und vor allem erwarteten sie keine Antworten von ihr.

„Könntest du dir vorstellen, es mit der Familie zu versuchen?", fragte Hr. Weidel nun vorsichtig.

Brigitte zuckte die Schultern, dann überlegte sie kurz und nickte schließlich. *,Was soll's'*, dachte sie, *,Schlimmer als hier oder in ihrer letzten Pflegestelle konnte es ja kaum werden'*.

Also packte das Mädchen am nächsten Morgen

die wenigen Habseligkeiten, die sie besaß, in eine Tasche und wartete auf die Ankunft der Familie Sandbach. Herr und Frau Sandbach waren in Wirklichkeit noch sympathischer, als auf den Fotos, und Brigitte gefielen sie auf Anhieb. Nachdem die Formalitäten erledigt waren, gingen die drei zum Auto der Familie, einem alten Kombi. Wolfgang Sandbach wollte ihr beim Einsteigen helfen, aber Brigitte entzog sich mit einem Ruck seinem Griff. Sie hasste es, wenn man sie wie einen Krüppel behandelte und anfassen ließ sie sich schon gleich gar nicht. Vor allem nicht von einem Mann – nie wieder!

Erschrocken über ihre Reaktion zog ihr neuer Pflegevater seine Hand zurück und murmelte eine Entschuldigung. Dann packte er Brigittes Tasche und ihre Schulsachen in den Kofferraum.

Auf der zweistündigen Fahrt beobachtete Brigitte die vorbeiziehende Landschaft, an der sie vorbeikamen. Frau Sandbach blickte zu ihrer neuen Pflegetochter zurück, die stumm aus dem Fenster starrte.

„Möchtest du, dass ich dir von uns erzähle?", fragte sie freundlich. Brigitte zuckte mit den Schultern und ihre neue Pflegemutter entschied, das als *Ja* zu deuten. „Also mein Name ist Karin und das hier ist mein Mann Wolfgang." Sie deutete auf den Fahrer.

Ja klar, ist mir bekannt', dachte Brigitte genervt, aber Karin sah ihren Blick nicht, da sie gerade wieder nach vorne schaute.

„Du kannst uns gerne beim Vornamen nennen. Ist

40

doch besser als Herr und Frau Sandbach, oder?"

Brigitte verdrehte die Augen. ‚*Schön, ich werde es mir merken, falls ich irgendwann einmal das Verlangen verspüren sollte, mit euch zu reden*‘, dachte sie spöttisch, ‚*hat euch denn niemand gesagt, dass ich stumm bin?*‘

Karin Sandbach wartete vergeblich auf eine Reaktion ihres neuen Schützlings und fuhr daraufhin unbeirrt fort: „Wir haben zwei Söhne, wie du vielleicht weißt. Patrick ist zweiundzwanzig und Timon ist gerade achtzehn geworden. Er steht derzeit in seinen Abi-Vorbereitungen. Timon war auch mal ein Pflegekind und lebt jetzt seit zehn Jahren bei uns auf dem Hof."

Nun endlich horchte Brigitte das erste Mal richtig auf und drehte den Kopf zu Karin. Zehn Jahre? Immerhin hatten sie Durchhaltevermögen, wenn dieser Timon so lange bei ihnen geblieben war. Vielleicht ließ es sich ja dort wirklich ganz gut leben. Die meisten Pflegekinder waren nicht ganz einfach, weil jeder von ihnen ein mehr oder weniger großes Trauma mit sich herumschleppte. Falls sich Timon damals nicht als absolutes Mustersöhnchen herausgestellt hatte, mussten die Sandbachs ihre Arbeit ganz gut gemacht haben, da er nach so langer Zeit immer noch bei ihnen lebte.

Das Mädchen wurde ein bisschen neugierig auf ihren künftigen Pflegebruder. Karin Sandbach erzählte noch ein wenig über den Bauernhof, den sie vor vielen Jahren von Wolfgangs Eltern übernommen hatten. Hauptsächlich war es ihr Mann, der sich um die Schafszucht kümmerte, während sie sich um das Haus und auch die beiden Kühe Emma und Susi sowie die Hühner bemühte. Patrick und Timon halfen ihnen dabei.

Zusätzlich gab es noch zwei Großpferde, die von Patrick trainiert wurden. Er sei ein recht erfolgreicher Dressurreiter, erzählte Karin stolz. Komplettiert wurde der Hof noch von drei robusten Ponys, die manchmal dafür eingesetzt wurden, die Schafe auf eine andere Weide zu treiben aber auch als Freizeitpferde für Timon, Wolfgang und Karin fungierten.

Als die ersten Weiden in Brigittes Sichtfeld auftauchten, beobachtete sie neugierig die Tiere, die sich darauf tummelten. Kurz darauf bog der alte Kombi der Sandbachs auf den eigentlichen Hof ein. Als Brigitte aus dem Wagen stieg, wurde sie sofort überschwänglich von einem großen Hund begrüßt, der aufgeregt mit dem Schwanz wedelnd an ihr hochsprang. Das Mädchen drohte schon das Gleichgewicht zu verlieren, als eine scharfe Stimme ertönte: „Aus, Bandit! Benimm' dich!"

Sofort ließ Bandit von ihr ab und setzte sich brav auf den Boden, den Schwanz jedoch weiterhin hin und her wedelnd. Brigitte blickte zu dem jungen Mann, der lässig in der Stalltür lehnte und sie aufmerksam beobachtete. Er hatte dunkelblonde Haare, die ihm ein bisschen wirr um den Kopf standen, war groß und schlank und wirkte sehr

42

ernst. Der Junge beobachtete, wie Brigitte sich zu dem Hund beugte, um ihn zu streicheln, bevor er einen lauten Pfiff ausstieß, dem das Tier sofort folgte und beide daraufhin im Stall verschwanden.

Wolfgang blickte Brigitte entschuldigend an: „Das war unser Timon. Entschuldige bitte sein Benehmen, er hat es nicht so mit Fremden. Aber wenn ihr euch erst einmal kennengelernt habt, werdet ihr euch sicher gut verstehen."

Brigitte blickte ihn skeptisch an. Ein Mustersöhnchen schien dieser Junge wohl eher nicht zu sein. Sie war gespannt, wie das enden würde.

„Wo ist eigentlich Patrick?", fragte Karin, während sie Brigittes Taschen aus dem Kofferraum holte.

Wolfgang nahm ihr die Taschen aus der Hand und grinste: „Du kennst doch deinen Herrn Sohn! Der wird wieder auf dem Reitplatz zu finden sein und mit Stella oder Calisto arbeiten."

Brigitte folgte seinem Blick und tatsächlich konnte sie weiter hinten einen Mann erkennen, der mit einem goldfarbenen Pferd mit heller Mähne gerade über ein paar niedrige Hindernisse setzte. Wolfgang rief nach ihm, woraufhin dieser sich umdrehte, die Hand zum Gruß hob und dann das Tier zur Tür lenkte, die er spielend leicht vom Pferderücken aus öffnete. Langsam kam das Tier auf sie zugetrabt. Wenige Meter von ihnen entfernt blieb es stehen und leichtfüßig sprang Patrick Sandbach aus dem Sattel.

Brigitte konnte ihren Blick nicht von der Stute wenden; sie hatte so ein großes Pferd noch nie so nah gesehen. Patrick grinste, als er ihren Blick bemerkte: „Das ist Stella. Sie ist eine Palomino-Stute und mein ganzer Stolz. Möchtest du sie mal streicheln?"

Erschrocken humpelte Brigitte ein paar Schritte zurück, als er Stella zu ihr heranziehen wollte, damit sie sie berühren konnte.

„Das hat wohl noch Zeit, Patrick. Lass' sie sich erst einmal einleben", versuchte Karin die Situation zu entschärfen.

Patrick band Stella daraufhin an einen Pfosten und kam dann zu ihr zurück. „Aber mich kannst du doch begrüßen", meinte er mit einem freundlichen Lächeln und streckte ihr seine Hand entgegen. „Hallo. Ich bin Patrick."

Brigitte streckte ihm zögernd die Hand entgegen. Sie musste den Kopf heben, um ihm ins Gesicht sehen zu können, das sie weiterhin freundlich anlächelte. Der junge Mann war knapp zwei Meter groß, hatte rabenschwarzes Haar und schöne, gleichmäßige Züge. Die dunklen Augen strahlten sie freundlich an. Während er kräftig ihre Hand drückte, konnte Brigitte seine Muskeln beobachten, die sich durch das dünne Shirt abzeichneten

„Willkommen auf der Sandbach-Farm, kleine Lady." Er strahlte sie offen an und unwillkürlich bewegten sich auch Brigittes Mundwinkel zu einem leichten Lächeln. „Na also. So gefällst du mir schon besser." Mit einem schelmischen Grinsen drehte er sich um, befreite sein Pferd und ging zurück zum

Reitplatz, während ihm seine Mutter ein strenges „Patrick!" hinterher rief. Mehr zu sich selbst sagte sie noch: „Er kann's einfach nicht lassen."

Brigitte blickte dem gutaussehenden Mann hinterher, wie er mit geschmeidigen Bewegungen zum Reitplatz lief und sich in den Sattel schwang.

„Komm' Brigitte, ich zeige dir jetzt dein neues Zimmer", sagte Karin nun und schob Brigitte in Richtung Haustür. Das Mädchen hatte Schwierigkeiten, auf dem unebenen Gelände mit ihren Krücken nicht zu stolpern, schaffte es aber ohne Unfall ins Haus.

„Wir haben unsere Schlafzimmer oben im ersten Stock", begann Wolfgang, als sie das Haus betraten, „aber wir dachten, es ist für dich vielleicht leichter, wenn du ein Zimmer im Erdgeschoss bekommst." Verstohlen blickte er auf ihre Gehhilfen. „Die Treppe ist ziemlich steil", fügte er entschuldigend hinzu. Dann öffnete er eine Tür neben der Küche und gab den Blick auf ein helles Zimmer frei.

Ihre anfänglich aufkommende Wut darüber, dass die Familie sie scheinbar nicht in ihrer Nähe haben wollte, verflog augenblicklich, als sie das freundliche Zimmer betrat. Jemand hatte sich sichtlich Mühe gegeben. Der Raum war mit alten Bauernmöbeln eingerichtet. In der Mitte thronte ein großes Bett mit süßen Vorhängen und ein großer Schrank stand an der Wand, in dem ihre Sachen mehr als ausreichend Platz hatten. Zusätzlich gab es noch einen Schreibtisch mit Stuhl und eine kleine Kommode.

Die Wände wurden mit Landschaftsbildern ge-schmückt und jemand hatte sich sogar die Mühe gemacht, ihr einen kleinen Strauß Wiesenblumen auf den Nachttisch zu stellen. Eine Tür führte in ein kleines Badezimmer und vor den Fenstern hingen süße, bunte Vorhänge.

„Gefällt es dir?", fragte Wolfgang vorsichtig und Brigitte nickte schüchtern. Aber das Strahlen in ihren blauen Augen war nicht zu verkennen. Befriedigt stellte er Brigittes Tasche auf ihr neues Bett.

„Soll ich dir beim Auspacken helfen?"

Sofort veränderte sich Brigittes Gesichtsausdruck und sie funkelte Karin böse an. Erschrocken trat diese einen Schritt zurück. Hatte sie etwas Falsches gesagt?

Wolfgang nahm ihre Hand und schob sie sanft aus dem Zimmer. „Ich glaube, sie ist alt genug, um das alleine zu machen", stellte er fest und zu Brigitte gewandt fügte er hinzu: „Melde dich, wenn du etwas brauchst." Damit schloss er leise die Tür und Brigitte setzte sich neben ihre Tasche auf das große Bett. Sie öffnete den Reißverschluss und zog den Stoff-Elefanten hervor, der auf einer Seite ein wenig versengt war. Das letzte Überbleibsel ihres alten Lebens. Das Einzige, was außer ihr das flammende Inferno überlebt hatte. Zärtlich drücke das Mädchen das Kuscheltier an sich. Tränen stiegen ihr in die Augen, als sie an ihren kleinen Bruder dachte, der diesen Elefanten nie aus der Hand gegeben hatte. Jetzt gehörte er ihr und für sie war es die einzige

Verbindung zu ihrer leiblichen Familie. Liebevoll streichelte sie über den Kopf des Dickhäuters, bevor sie sich im Zimmer umsah, um einen passenden Platz für Bimbo zu finden.

NEUE FREUNDE

Es dauerte nur einige Minuten, bis sie ihr weniges Hab und Gut verstaut hatte und als sie einige Zeit später auf dem Bett lag und an die Decke starrte, klopfte es kräftig an die Tür. Sekunden später öffnete diese sich einen Spalt breit und die lachenden Augen von Patrick blickten durch den Türspalt. „Darf ich?"

Brigitte setzte sich im Bett auf und nickte, woraufhin Patrick die Tür ganz öffnete und etwas näher trat. Sofort zog sich alles in Brigitte zusammen und sie rutschte unwillkürlich etwas zurück. Der junge Mann bemerkte ihre Anspannung und blieb sofort stehen. „Ich tue dir nichts. Keine Angst", lächelte er. „Meine Eltern haben mir erzählt, dass du gerne liest und ich dachte mir, dass dich das vielleicht interessiert."

Er zog einen Stapel Bücher hinter dem Rücken hervor und grinste wieder: „Ich wusste nicht, was genau du bevorzugst, deshalb habe ich hier ein paar verschiedene Bücher mitgebracht. Wenn du mehr möchtest: ich habe noch viele andere Titel in meinem Zimmer und im Wohnzimmer haben wir auch eine halbe Bibliothek." Vorsichtig trat er an ihren Nachttisch und ließ den Stapel Bücher dort sinken. Dann trat er wieder einen Schritt zurück um ihr den nötigen Raum zu geben.

Neugierig rückte Brigitte nun näher. Er hatte wirklich eine gute Auswahl mitgebracht. Das Mädchen entdeckte zwei Sachbücher über Pferde, ein Buch mit Tiergeschichten und verschiede Romane. Dankbar blickte sie in das lachende Gesicht und nickte ihm zu.

„Möchtest du vielleicht, dass ich dir den Hof zeige?", fragte Patrick vorsichtig, als er sich bereits auf dem Weg nach draußen noch einmal unter der Tür umdrehte. Brigitte zögerte, doch dann nickte sie ihm zu, nahm ihre Gehhilfen und stemmte sich hoch.

„Soll ich dir helfen?" Patrick kam mit einem Schritt auf sie zu, ließ die Hände jedoch sofort sinken, als er ihren Blick bemerkte und beschränkte sich darauf, ihr lediglich die Tür aufzuhalten. Langsam gingen sie über den Hof, während ihr Pflegebruder ihr erklärte, wofür die einzelnen Gebäude und Wiesen genutzt wurden.

Nachdem sie einige Minuten am Weidezaun der Schafsherde dem lustigen Treiben der Tiere und dem aufmerksamen rotbraunen Hütehund Ruby zugeschaut hatten, wandten sie sich wieder dem Haupthaus zu. Als sie auf den Vorplatz traten, führte Timon gerade einen Haflinger aus dem Stall und schwang sich in den Sattel. Der quirlige Bandit sprang bellend um ihn herum.

Brigitte blickte zu ihm herüber und übersah dabei ein Loch in dem unebenen Boden, in das ihre Krücke rutschte. Beinahe wäre sie gestürzt, wenn Patrick sie nicht geistesgegenwärtig aufgefangen hätte.

„Hoppla, kleine Lady", grinste er und stellte sie wieder auf die Füße. Während er sich nach ihrer Gehhilfe bückte, um sie wieder aufzuheben, trafen sich die Blicke von Brigitte und Timon und seine Augen sprühten vor Zorn. Grob wendete er das Pony und trieb es so schnell an, dass Bandit Schwierigkeiten hatte, ihm zu folgen.

Täuschte sich Brigitte, oder las sie Eifersucht in seinen Augen? Er hatte sie noch nicht einmal begrüßt und nun das. Was sollte sie nur davon halten? Nachdenklich blickte sie dem immer kleiner werdenden Trio hinterher. Patrick streckte ihr die Krücke entgegen und zusammen gingen sie zurück ins Haus.

Das Laufen auf dem unebenen Gelände hatte sie mehr angestrengt, als sie zugeben wollte, und sie ließ sich in ihrem Zimmer erschöpft auf ihr Bett sinken. Neugierig griff sie nach einem der Bücher, die Patrick dagelassen hatte und versank in ihrer eigenen Welt.

Zum Abendessen holte Karin sie ins Esszimmer und deutete auf einen Stuhl genau gegenüber von Timon. Das erst Mal konnte sie den Jungen aus der Nähe betrachten und während sich Patrick, Wolfgang und Karin fröhlich unterhielten, musterte sie seine ernsten Züge ganz genau. Seine tiefblauen Augen blickten nachdenklich und um seine Nase tummelten sich einige Sommersprossen. Eine feine Narbe zog sich über seine linke Wange, die ihm ein verwegenes Aussehen verlieh. Woher die wohl stammte? Brigittes Augen wanderten weiter und blieben an den kräftigen Oberarmen hängen. Man konnte deutlich sehen, dass er an körperliche Arbeit gewöhnt war.

Als sie die Augen wieder seinem Gesicht zuwandte, bemerkte Brigitte, dass er sie ebenfalls genau beobachtete. Verlegen senkte sie den Blick und starrte auf ihren Teller. Sie spürte jedoch deutlich Timons Blicke auf sich gerichtet und fühlte fast Erleichterung, als das Essen beendet wurde und sie dem Tisch und vor allem Timons Blicken entfliehen durfte. Sie zog sich wieder in ihr Zimmer zurück, während sich die Familie zu einem Film im Wohnzimmer traf. Timon hatte während des Essens geschwiegen und Brigitte fragte sich, ob sie der Grund dafür gewesen war.

Am nächsten Morgen nach dem Frühstück wanderte Brigitte erneut über den Hof, dieses Mal jedoch alleine. Während Patrick ihr freundlich zunickte, wenn sie ihm auf dem Gelände begegnete oder sie freundlich neckte, ging ihr Timon scheinbar aus dem Weg. Dem Mädchen war das egal, sie blieb sowieso lieber für sich.

Hinter einem der Gebäude fand sie schließlich eine überdachte Ecke, in der sich sogar noch etwas Stroh befand. Hier baute sie sich ein bequemes Nest und mit einem der Bücher bewaffnet kuschelte sie sich in das Stroh und versank wieder einmal in ihrer

Fantasiewelt. Es war eine Pferdegeschichte und während sie in das Buch vertieft war, glaubte sie, wirklich das Trommeln von Hufen und das Wiehern eines Pferdes zu vernehmen. Als sie schließlich kurz von ihrer Geschichte aufblickte, erschrak sie sichtlich, als sie in die großen Augen eines riesigen Pferdes blickte, dessen Fell blauschwarz in der Frühlingssonne glänzte. Sie hatte zwar den Zaun gesehen, jedoch nicht bemerkt, dass die langgezogene Koppel, die hier vorbeiführte, auch einen Bewohner hatte. Erschrocken zuckte sie zusammen, woraufhin das Tier ein schrilles Wiehern ausstieß, auf die Hinterläufe stieg und anschließend wie von der Tarantel gestochen über die Koppel stürmte.

Brigitte atmete tief durch, da sie vor Anspannung die Luft angehalten hatte. Ängstlich beobachtete sie das Pferd, das aber genauso viel Angst vor ihr zu haben schien, wie sie vor ihm. Während sie es beobachtete, hielt das mächtige Tier gebührenden Abstand. Schließlich widmete sich das Mädchen wieder ihrem Buch. Erst zur fortgeschrittenen Stunde klappte sie es zu, verstaute es in ihrer Umhängetasche, die es ihr erlaubte, die Hände frei zu haben, und bahnte sich ihren Weg zurück zum Haus. Als sie ihre Tasche in ihr Zimmer legte, klopfte es an ihrer Tür.

„Wir haben dich beim Mittagessen vermisst", stellte Karin fest, es war jedoch keinerlei Vorwurf aus ihrer Stimme zu hören. „Ist alles in Ordnung?" Brigitte nickte und deutete auf das Buch, das sie aus ihrer Tasche geholt hatte.

Karin lächelte: „Ist es gut?" Ein erneutes Nicken war die Antwort. „Na dann… Kommst du zum Essen? Wir wollen Grillen bei dem schönen Wetter."

Wieder ein Nicken, dann folgte Brigitte ihrer Pflegemutter auf die Terrasse. Da sie nicht so einfach beim Raustragen helfen konnte, setzte sie sich auf die Bank und verteilte das Geschirr, das Patrick aus der Küche holte. Auch Timon beteiligte sich am Tischdecken und sogar ein wenig an der späteren Unterhaltung. Im Gegensatz zu Patrick und seinen Eltern war er jedoch immer noch recht schweigsam, während Wolfgang an einem Gas-Grill für ihr leibliches Wohl sorgte.

Nach dem Abendessen räumten sie gerade das Geschirr weg, als Karin Timon den Arm um die Schulter legte: „Spielst du uns noch etwas vor?"

Ohne ein Wort zu sagen, verschwand Timon im Haus und kehrte kurz darauf mit einer Gitarre in der Hand zurück. Er setzte sich auf die Bank und stimmte ein langsames Lied an. Gebannt horchte Brigitte seiner klaren Stimme, die durch die laue Frühlingsdämmerung klang. Für diese Jahreszeit war es überraschend mild, dennoch jagte es Brigitte beim Klang seiner Stimme einen Schauer über den Rücken. Sie war so fasziniert von den gefühlvollen Klängen, die sie dem abweisenden Jungen gar nicht zugetraut hätte, dass sie nicht einmal bemerkte, wie Vater Wolfgang hinter ihr ein kleines Lagerfeuer entzündet hatte.

Nachdem das Lied verklungen war, forderte dieser seine Familie auf, näherzutreten: „Kommt ihr? Lust auf ein bisschen Lagerfeuer-Musik?"

Während sich die anderen erhoben, um zur Feuerstelle zu gehen, wirbelte Brigitte herum und starrte auf das Feuer, das bedrohlich vor ihr prasselte. Mit weit aufgerissenen Augen blickte sie in die Flammen, während sie unfähig war, sich zu bewegen. Die Szenerie verwandelte sich vor ihren Augen: vor ihr lag ein verbeultes Fahrzeug, das lichterloh in Flammen stand. Sie hörte den Schrei ihrer Mutter, sah das blutüberströmte Gesicht ihres Vaters, das bewegungslos an der Scheibe lehnte und konnte sich dennoch nicht bewegen, um ihnen zu Hilfe zu kommen.

Erschrocken starrte Wolfgang das Mädchen an und fragte verwirrt: „Habe ich etwas Falsches gesagt?"

Mutter Karin und Patrick blickten sich nur hilflos und verwirrt an. Timon legte indes seine Gitarre zur Seite, trat auf Brigitte zu und schüttelte sie an den Schultern. Als das auch nichts brachte, holte er aus und gab ihr eine leichte Backpfeife. Die war weder fest, noch schmerzhaft, reichte jedoch, um Brigitte aus ihrer Starre zu lösen. Mit Tränen in den Augen riss sie den Blick endlich von dem Lagerfeuer los und lief, so schnell es ihre Behinderung zuließ, davon. Blind vor Tränen wusste sie selber nicht so genau, wo sie eigentlich hin humpelte.

Als sie schließlich an eine Tür kam, riss sie diese

54

einfach auf und stürmte gerade hinein, als hinter ihr ein lauter Ruf ertönte: „Stopp! Keinen Schritt weiter", rief ihr jemand streng nach und Brigitte glaubte, Panik in Patricks Stimme zu vernehmen, und wirbelte herum. Langsam kam er auf sie zu und nahm vorsichtig ihre Hand. „Er könnte dich umbringen", sagte er leise und als Brigitte sich langsam umdrehte, erkannte sie das Pferd von heute Nachmittag, das nur wenige Meter von ihr entfernt stand, wütend schnaubte und den großen Kopf schüttelte. Brigittes Beine gaben nach und sie sackte zusammen. Patrick griff blitzschnell zu, nahm sie auf die Arme und hob sie mit Leichtigkeit hoch. Mit einer Hand griff er ihre Krücken und ging dann wortlos mit ihr in den Armen aus dem Stall, während er das Pferd die ganze Zeit nicht aus den Augen ließ. Ihm war klar, dass einzig und allein der Überraschungseffekt dafür verantwortlich war, dass das Tier nicht auf sie losgegangen war.

Während er die Tür wieder schloss, fiel der Schreck von dem Mädchen ab und sie fing hemmungslos an zu weinen. Wie eine Ertrinkende klammerte sie sich an Patrick fest, der im ersten Moment gar nicht wusste, was er machen sollte. Dann nahm er sie einfach fest in seine starken Arme und strich ihr beruhigend über die weichen Haare. „Alles wird gut, kleine Lady", flüsterte er beruhigend, während er sie nach wie vor festhielt. Als ihre Tränen endlich versiegt waren, fühlte sich Brigitte ausgelaugt und kraftlos.

Patrick lächelte sie an: „Geht's wieder?"

Brigitte lächelte müde und nickte. Erschöpft lehnte sie ihren Kopf an seine Schulter, woraufhin er sie einfach erneut hochhob und zurück zum Haus trug.

„Was ist passiert?", fragte Mutter Karin besorgt, als sie das vom Weinen gerötete Gesicht ihrer Pflegetochter sah. Patrick winkte ab, ging auf direktem Wege ins Haus und legte Brigitte sanft in ihr Bett. Nachdem er ihr die Schuhe von den Füßen gezogen hatte, breitete er eine Decke über sie und zog sich dann leise zurück. Als er die Tür geschlossen hatte, wandte er sich um und lief fast in seinen Bruder hinein.

„Was hast du mit ihr gemacht?", fragte dieser zornig und seine blauen Augen funkelten wütend.

„Ich?", antwortete sein Bruder ebenso ungehalten. „Das sagt wohl gerade der Richtige. Musstest du ihr unbedingt eine kleben?"

Verlegen senkte Timon den Blick. „Das ist einfach so passiert. Ich wusste nicht, wie ich sie anders aus ihrer Starre holen sollte", verteidigte er sich.

„Du bist ein Idiot, Timo. Vielleicht solltest du mal darüber nachdenken, wie man Mädchen behandelt." Damit ließ er ihn stehen, stapfte an seinem Bruder vorbei und verschwand auf der Treppe, die nach oben führte. Timon blickte verwirrt auf die geschlossene Zimmertür, hinter der Brigitte in ihrem Bett lag, bevor er nach draußen verschwand. Wolfgang und Karin blickten sich derweil entgeistert an. Was hatten sie sich da nur aufgehalst? Nicht nur, dass sie

56

keine Ahnung hatten, was in Brigitte vorging, jetzt benahmen sich auch noch ihre Söhne wie zwei verliebte Gockel. Das konnte ja noch heiter werden.

Sie hatten keine Ahnung, dass Patrick keineswegs irgendwelche verliebten Anwandlungen hatte, sondern Brigitte einfach als seine kleine Schwester betrachtete. Er hatte sich schon immer eine Schwester gewünscht, die er beschützen konnte und genau das sah er nun in dem verstörten Mädchen. Er nahm sich fest vor, herauszubekommen, warum Brigitte so panisch vor dem harmlosen Lagerfeuer davongerannt war.

Während Patrick überlegte, wie er irgendetwas aus Brigitte herauslocken könnte, hatte Timon sich seine Gitarre geschnappt und ein weiteres Lied angestimmt. Das Mädchen hörte die sanften Klänge durch das gekippte Fenster und während sie ihnen noch lauschte, schlief sie erschöpft ein.

Am nächsten Morgen wurde sie von Karin geweckt. Zuerst war sie verwirrt und dachte, verschlafen zu haben, aber dann fiel ihr ein, dass ja Osterferien waren. „Ich muss heute in die Stadt und würde dich gerne mitnehmen, um dir ein paar neue Sachen zu kaufen, Brigitte", begann sie vorsichtig und beobachtete das Mädchen dabei genau. „Ist das okay für dich?"

Brigitte überlegte einen Moment. Sie hasste es, Almosen annehmen zu müssen aber andererseits war ihr auch bewusst, dass sie nicht sehr ordentlich in ihren abgetragenen Schlabberpullis aussah. Außerdem bekamen die Sandbachs ja auch Geld für sie zur Verfügung gestellt.

Schließlich nickte sie und kletterte aus dem Bett. Dabei fiel Karins Blick auf die große Narbe an Brigittes Bein, wo sie mehrfach operiert worden war. Verlegen räusperte sie sich: „Da ist noch etwas…" Brigitte blickte auf und schaute sie fragend an. „Ich würde dich gerne mit zu unserem Arzt nehmen, wenn das okay ist. Vielleicht können wir ja etwas für dein Bein tun, damit du wieder besser laufen kannst." Es war ihr anzusehen, wie unwohl sie sich dabei fühlte. Brigitte blickte an ihrem Bein herunter und schließlich nickte sie. Viele Hoffnungen machte sie sich allerdings nicht, aber wenn sich ihre Pflegeeltern dann besser fühlten, würde sie das Spiel eben mitspielen.

Erleichtert atmete Karin auf. „Wir sehen uns dann gleich beim Frühstück." Mit diesen Worten ließ sie Brigitte allein.

Nachdem sie ein paar Stunden später alle Untersuchungen über sich hatte ergehen lassen, kam der Arzt mit einem ernsten Gesicht in das Besprechungszimmer. „Brigitte? Frau Sandbach? – Um ehrlich zu sein, stehen wir vor einem Rätsel. Aus medizinischer Sicht spricht eigentlich nichts dagegen, dass du dein Bein normal belasten kannst, Brigitte."

Brigitte schnaufte genervt. *,Ja klar'*, dachte sie böse, *,deshalb spüre ich mein Bein auch nicht richtig und* *es klappt jedes Mal weg, wenn ich es belasten möchte.'*

„Nach den medizinischen Befunden", fuhr der Arzt fort, „handelt es ich wohl eher um eine psychische Barriere, als um ein physisches Gebrechen."

Böse funkelte Brigitte daraufhin den Arzt an, der unwillkürlich zusammenzuckte und sich lieber an Karin wandte.

„Brigitte sollte auf jeden Fall regelmäßig Übungen machen, um die Muskulatur wieder zu stärken. Ich kann zwar nichts versprechen, aber einen Versuch ist es wert."

„Wie wäre es mit reiten?", fragte Karin freundlich und Brigitte glaubte, ihren Ohren nicht trauen zu können. Reiten? Sie traute sich nicht einmal, diese Monster anzufassen. Keine zehn Pferde würden sie auf den Rücken eines solchen Riesen bekommen. Dann lächelte sie leicht, angesichts des komischen Vergleichs, der ihr gerade durch den Kopf geschossen war, was Karin jedoch als Zustimmung auffasste.

„Ja doch, das wäre auch nicht schlecht", bestätigte der Arzt zu Brigittes Entsetzten. Wie kam sie bloß aus dieser Nummer wieder heraus?

Der anschließende Einkaufsbummel war weitaus amüsanter als der Arztbesuch und für einen kurzen Moment fühlte sich Brigitte wie ein normaler Teenager, der mit seiner Mutter Klamotten kaufte. Sie fanden ein paar schöne Hosen, T-Shirts und Blusen für das Mädchen. Als Karin ihr jedoch ein

Trägerkleid hinhielt, schüttelte Brigitte entsetzt den Kopf. Enttäuscht hängte Karin das hübsche Kleid wieder zurück.

Als sie schließlich ihre Einkäufe ins Auto warfen, drehte sich Brigitte zu Karin um und umarmte sie flüchtig.

„Womit habe ich das denn verdient?", fragte sie überrascht und Brigitte nickte mit dem Kopf in Richtung der Einkaufstaschen. „Das habe ich doch gern gemacht, mein Schatz. Du hast ja keine Ahnung, wie langweilig es ist, mit den Jungs einkaufen zu gehen."

Brigitte lächelte in sich hinein und gut gelaunt machten sich die beiden auf den Rückweg zur Farm. Während sie auf dem Hof ausstiegen, kam Timon gerade aus einem der Gebäude und als er die beiden erblickte, eilte er dem Fahrzeug entgegen. Bandit sprang wie immer um seine Füße.

„Kann ich dich mal kurz sprechen?", fragte er schüchtern.

Brigitte war überrascht. Es war das erste Mal, dass er sie ansprach. Sie blickte fragend zu Karin, die ihr aufmunternd zunickte. „Geh' nur, ich mach' das schon."

Das Mädchen folgte Timon zu einer Bank, die vor dem Stall stand und setzte sich erwartungsvoll. Timon druckste herum, scheinbar wusste er nicht, wie er anfangen sollte.

„Es tut mir leid", brachte er schließlich leise hervor und senkte den Blick. Brigitte überlegte, was er meinte und die Frage schien ihr ins Gesicht geschrieben zu stehen, als er vorsichtig den Blick wieder hob, denn nach kurzem Zögern antwortete er: „Ich wollte dich gestern Abend nicht schlagen. Ich habe einfach nur Angst bekommen, als du nicht mehr reagiert hast."

Brigitte winkte ab, das hatte sie schon fast wieder vergessen.

„Danke", sagte Timon erleichtert und stand auf, um sich wieder seiner Arbeit zu widmen. Als er einige Schritte gegangen war, drehte er sich noch einmal zu ihr um. „Ich bin wirklich froh, dass du hier bist, Gitte", flüsterte er und bevor Brigitte noch reagieren konnte, war er um eine Ecke verschwunden. Nachdenklich schlenderte das Mädchen über den Hof und blieb schließlich an der Koppel stehen, auf der das schwarze Pferd friedlich in der hintersten Ecke graste. Gedankenversunken starrte sie in die Ferne.

„Na, kleine Lady? Alles gut?"

Erschrocken wirbelte sie herum und blickte in das freundliche Gesicht von Patrick. „Entschuldige, ich wollte dich nicht erschrecken. Tust du mir einen Gefallen?"

Brigitte blickte ihn erwartungsvoll an.

„Komm' Calisto bitte nicht zu nahe. Er ist gefährlich." Während das Mädchen noch überlegte, wen oder was er meinte, deutete Patrick die Weide hinunter. „Der schwarze Hengst. Er ist ein exzellentes Dressurpferd, aber leider superängstlich und unberechenbar. Man weiß nie, wann er durchdreht und seine Hufe könnten dich schwer verletzen – oder noch schlimmer", fügte er leise hinzu. Brigitte nickte ihm zu; er sah wirklich besorgt aus.

In den folgenden Tagen gewöhnte sich Brigitte langsam an den Tagesablauf auf dem Sandbachhof. Sie half beim Füttern der Tiere, hütete sich jedoch davor, eines der Pferde anzufassen. Auch Timon schien sich an ihre Anwesenheit gewöhnt zu haben. Er ging ihr nicht mehr aus dem Weg, wenn sie über den Hof schlenderte.

Der Arzt in der Stadt hatte ihr einen Zettel mit verschiedenen Übungen mitgegeben, die sie durchführen sollte. Brigitte tat sich schwer dabei und als sie sich eines Morgens damit abmühte, wurde sie von Timon dabei überrascht. Verständnislos blickt er sie an und als Brigitte auf den Zettel deutete, begriff er. „Kann ich dir dabei helfen? Das sieht kompliziert aus."

Brigitte lächelte ihn an und von diesem Tag an übten sie gemeinsam. Wolfgang und Karin bemerkten erfreut, dass sich die drei jungen Leute scheinbar zusammenzuraufen schienen und ließen ihnen so viel Freiheit wie möglich. Als sich die Ferien dem Ende zuneigten, hatte sich das Mädchen bereits richtig eingelebt.

NEULAND

Brigitte saß wieder einmal an ihrem Lieblingsplatz und war in ein Buch vertieft, als Patrick seine Nase um die Ecke steckte: „Hallo, kleine Lady. Darf ich stören?" Das Mädchen blickte auf. Auffordernd streckte er ihr die Hand entgegen. „Komm', ich möchte dir etwas zeigen."

Brigitte ergriff zögernd seine Hand und ließ sich von ihm hochziehen. Er führte sie in die Reithalle und schob sie mit sanfter Gewalt in die Reitbahn. Kurz darauf betrat Timon mit einer kleinen, braunen Stute die Halle. Erschrocken wich das Mädchen bis zur Bande zurück; dann ging es nicht mehr weiter.

Beruhigend legte Patrick den Arm um ihre Schulter, während Timon die Stute in der Mitte der Reitbahn platzierte und neben ihr stehen blieb. Als Patrick merkte, dass sich seine Schwester ein wenig beruhig hatte, nickte er seinem Bruder zu. „Lass' dir Zeit, Timon", sagte er warnend, während dieser die Stute etwas näher heran brachte. Patrick bemerkte gleich, wie das Mädchen sich erneut verkrampfte und hob warnend die Hand. Sofort blieb sein Bruder stehen.

„Dir wird nichts geschehen, kleine Lady", flüsterte er, während er ihr sanft über das Haar strich. Die Jungen warteten geduldig, bis sie wieder ruhiger wurde, bevor Timon ein paar weitere Schritte auf sie zuging. Brigitte schaute mit weit aufgerissenen Augen auf das Pony. Als die Stute nur noch einen Meter von ihr entfernt war, hielt Timon erneut an und beobachtete aufmerksam das Mädchen, während Patrick eine Karotte aus der Tasche zog und sie Brigitte in die Hand drückte. „Gib' sie ihr", forderte er sie auf und nickte in Richtung Pony.

Zögernd streckte sie ihre Hand aus, worauf die Pferdenase nach vorne kam und ihr die Karotte sanft aus der Hand stibitzte. Während die Stute genüsslich ihr Leckerli kaute, drückte Patrick dem Mädchen eine weitere Karotte in die Hand. Nachdem die Stute auch diese verspeist hatte, streckte sie ihren Kopf erneut nach vorne und blies Brigitte vorsichtig ins Gesicht.

Das Mädchen kicherte, woraufhin Patrick ihre rechte Hand ergriff und sie mit sanftem Druck an den Pferdehals führte. Die Stute ließ es sich gerne gefallen und stieß Brigitte mit der Nase in die Brust.

„Darf ich vorstellen?", fragte Patrick mit einem Lächeln. „Brigitte, das ist Lady – Lady, das ist Brigitte. Sie gehört jetzt zu uns." Allein für diesen letzten Satz war ihm das Mädchen dankbar. Brigitte streichelte die Stute immer noch sanft und als Timon sicher war, dass sie sich wohl fühlte, trat er an die Seite des Tieres, griff in die Mähne und schwang sich leichtfüßig auf den Pferderücken. Dann hielt er ihr auffordernd die Hand entgegen.

Bevor Brigitte sich versah, nahm Patrick ihr die

64

Krücken aus der Hand und legte sie auf den Boden. Im nächsten Moment hob er das Mädchen hoch und ließ sie vor Timon auf den Pferderücken gleiten. Sofort verkrampfte sich Brigitte und blickte ängstlich nach unten. Die Stute war nicht groß, tatsächlich ging ihr Rücken dem Mädchen gerade einmal bis an die Brust. Dennoch fühlte sie sich wie an einem tiefen Abgrund. Timon spürte die Anspannung deutlich, als er ihre Hände zu der Mähne führte, damit sie sich festhalten konnte, und schließlich selber in die Zügel griff.

„Ich werde nicht zulassen, dass dir etwas passiert, Gitte", sagte er leise.

Brigitte drehte sich zu ihm um; das war schon das zweite Mal, dass er sie so nannte. Das hatte bisher noch keiner getan, aber irgendwie mochte sie es, wie er diesen Namen sagte.

„Lass' es ruhig angehen, Timon", warnte Patrick ihn noch, was ihm einen bösen Blick seines Bruders bescherte. Als wenn er das nicht selber wüsste! „Siehst du? Mein Herr Bruder würde mir die Ohren langziehen, wenn ich dich fallen ließe", grinste er und merkte, wie sich Brigitte daraufhin ein wenig zu entspannen schien. Vorsorglich wartete er noch ein paar Minuten, bis das Zittern völlig verschwunden war. „Bereit?", fragte er zögernd und ein sanftes Nicken folgte.

Timon ließ die Stute in Schritt fallen und hielt das Mädchen dabei mit den Armen fest, die er rechts und links an ihr vorbei zu den Zügeln ausgestreckt hatte. Brigitte verkrampfte sich wieder, als sich das Tier unter ihr bewegte.

„Schließe deine Augen", gebot Timon ihr und löste sanft ihre verkrampften Finger aus der Mähne der Stute. Er legte ihre Hände auf ihre Oberschenkel und seine eigenen zögernd auf ihre Hüften. Die Zügel hingen locker auf dem Pferdehals; er kannte die Stute gut genug, um zu wissen, dass nichts passieren würde. „Und jetzt spüre die Bewegung", sagte er leise, während er mit seinen Händen ihre Hüften unterstützte, sich dem Gang des Pferdes anzuschmiegen und sie gleichzeitig stützte, damit sie nicht von dem nackten Pferderücken herunterrutschte.

Nach wenigen Runden nahm er ihre Arme und hob sie hoch, so dass diese ausgestreckt zur Seite zeigten. Langsam entspannte sich das Mädchen vollkommen und genoss die sanften Bewegungen des warmen Körpers. Timon trieb die Stute weiter an und während sie in den Trab fiel, hielt der Junge sie weiter fest. Aber er machte sich zu viele Sorgen. Brigitte saß auf dem Pferd, als wenn sie seit Jahren nichts anderes tun würde. Noch immer waren ihre Augen geschlossen, aber ihre Hüften bewegten sich perfekt im Takt des Tieres. Davon angespornt trieb Timon die kleine Stute schließlich in einen leichten Galopp. Gebannt beobachtete Patrick von der Tribüne aus das Geschehen. Das Mädchen hatte immer noch die Arme ausgebreitet und genoss sichtlich den Wind und die Bewegungen des Tieres.

Tatsächlich fühlte sich Brigitte vollkommen frei, als würde sie fliegen.

Kurz darauf zügelte Timon das Pony und hielt es schließlich an, während Patrick über die Absperrung sprang und mit Brigittes Gehilfen auf das Tier zuschritt. Erschrocken registrierte er die Tränen in den Augen des Mädchens, aber dann bemerkte er, dass sie über das ganze Gesicht strahlte. Als Timon vom Rücken der Stute sprang und anschließend Brigitte vom Pferderücken hob, blickte sie ihn dankbar an und bevor er sich versah, drückte sie ihm einen Kuss auf die Wange. Ein Kribbeln, wie von einem elektrischen Schlag, strömte durch seinen Körper, während Patrick ihr die Gehhilfen reichte und sich anschließend auf die Wange tippte. „Und was ist mit mir?"

Lächelnd drückte sie auch ihm ein Küsschen auf die Wange und die beiden Jungen grinsten sich gegenseitig an. Der Plan war aufgegangen; Brigitte hatte ihre Angst vor Pferden überwunden.

Von nun an übte Brigitte täglich mit einem der beiden, lernte wie man ein Pferd putzte, sattelte und versorgte und erhielt täglich eine Reitstunde. Als ein paar Tage später die Schule wieder anfing, hatte sie ihre Angst bereits vollständig abgelegt. Die nächste Hürde war geschafft.

Die Sandbachs registrierten mit Freude, wie ihre Pflegetochter unter den Fittichen ihrer Söhne aufzublühen schien, auch wenn sie das Mädchen nach wie vor nachts oft wimmern hörten. Wolfgang Sandbach hatte es aufgegeben, nach ihr zu sehen, denn als er es am Anfang ihres Aufenthaltes auf dem Hof einmal versucht hatte, war Brigitte panisch aus dem Bett gefallen und hatte sich in einer Zimmerecke verkrochen, sobald sie gemerkt hatte, dass er neben dem Bett stand. Wolfgang fragte sich, was mit dem Mädchen passiert war, bevor sie zu ihnen kam, und langsam glaubte er, dass man ihnen nur die halbe Wahrheit gesagt hatte.

Sie hatten lediglich die Information, dass ihre Familie bei einem Autounfall gestorben sei, dass sie selber dabei schwer verletzt worden war und seit dem Unfall nicht mehr gesprochen hatte. Aber nach der Reaktion nachts in ihrem Zimmer und der Panikattacke während des Lagerfeuers zu urteilen, steckte noch viel mehr hinter ihren Problemen. Wie gerne würde er mit ihr reden, denn er und seine Frau hatten das Mädchen bereits jetzt ins Herz geschlossen. Vielleicht würde sie sich mit der Zeit ein wenig mehr öffnen und gab ihnen die Möglichkeit, ihr zu helfen.

Am ersten Schultag fuhr Brigitte mit Timon in dem alten Golf zur Schule, den dieser sich mit seinem Bruder teilte. Er half ihr auch bei den Formalitäten und brachte sie schließlich in ihre neue Klasse. Vor der Tür blieb Brigitte stehen. Der Unterricht hatte bereits begonnen, da sie im Sekretariat aufgehalten worden waren.

„Hast du Angst?", fragte Timon leise und drückte ihr sanft den Arm. Brigitte nickte. Sie hatte die ständigen blöden Sprüche und Schimpfnamen an ihrer alten Schule noch allzu deutlich in Erinnerung.

„Keine Angst. Die beißen schon nicht", lächelte er ihr aufmunternd zu. „Ich komme ja mit." Und ohne ihr lange Zeit zu lassen, sich in ihre Angst hineinzusteigern, klopfte er an die Tür und öffnete sie dann zügig. Die Klasse verstummte, als die beiden eintraten. Timon schob Brigitte vor sich her und trat dann auf den Lehrer zu, um leise mit ihm zu sprechen. Als er sich wieder umdrehte und an ihr vorbei zur Tür ging, drückte er noch einmal kurz ihre Hand. „Halt' die Ohren steif, Gitte. Ich muss jetzt leider wirklich los."

Brigitte nickte ihm zu, straffte die Schultern und wandte sich der Klasse zu. Mit einem freundlichen Lächeln trat der Lehrer zu ihr. „Du bist also Brigitte Zöllner. Herzlich willkommen in der 9b. Wir haben dich schon erwartet." Und zu der Klasse gewandt fügte er hinzu: „Kinder, das ist Brigitte. Sie ist erst neu zugezogen und deshalb an unsere Schule gekommen. Es wäre nett, wenn ihr ihr ein wenig behilflich sein könntet, damit sie sich bald zurechtfindet. – Brigitte, wenn du magst, kannst du dich hierhin setzten." Er deutete auf einen freien Tisch in der Nähe der Tür und als sie sich gesetzt hatte, fuhr er mit seinem Unterricht fort, als hätte es gar keine Unterbrechung gegeben.

Entgegen ihrer Befürchtung wurde sie weder

angeglotzt, noch hörte sie irgendwelche Tuscheleien, die über sie handeln könnten. Natürlich war sie bei ihrem Eintritt von allen gemustert worden, aber das war ja auch normal, wenn jemand neu in eine Klasse kam. Als sie später am Tag in ein anderes Klassenzimmer mussten, warteten ein paar Mädchen geduldig und zeigten ihr den Weg. Niemand stellte ihr Fragen oder blickte sie bedauernd an. Es stellten sich lediglich einige bei ihr vor, aber sie glaubte kaum, dass sie sich alle Namen so schnell merken konnte. Die meisten Klassenkameraden schienen ganz nett zu sein, obwohl Brigitte sich des Gedankens nicht erwehren konnte, dass sie auf ihre Ankunft vorbereitet worden waren, denn es schien niemanden zu wundern, dass sie bisher noch kein Wort gesagt hatte.

Nach der Schule wartete Timon bereits am Parkplatz auf sie. Lächelnd kam er ihr entgegen und nahm ihr die Schultasche ab. „Na? Wie ich sehe, haben sie dich nicht gefressen", grinste er und bekam dafür einen Klaps mit der Krücke. Gut gelaunt fuhren sie zusammen nach Hause.

Zu Brigittes Erstaunen änderten sich ihre Klassenkameraden auch in den nächsten Tagen nicht. Sie waren freundlich zurückhaltend und ließen sie in Ruhe, wenn sie sich in eine Ecke des Schulhofes verzog. Natürlich gab es auch in dieser Klasse ein paar Schüler, die alles und jeden auf den Arm nahmen, aber das richtete sich dann nicht nur gegen sie, sondern traf auch andere. In den Unterricht fand sie sich gut ein. Im Grunde genommen war sie schon immer eine gute Schülerin gewesen. Nur mit den mündlichen Noten taten sich die Lehrer immer wieder schwer, aber mit ein bisschen Fantasie fanden sie Mittel und Wege für eine mündliche Bewertung.

Wenn Brigitte nachmittags ihre Hausaufgaben fertig hatte, half sie bei der Fütterung oder bekam Reitstunden von Patrick oder Timon und am Abend nach dem Essen half Timon ihr bei ihren Übungen.

Eines Nachmittags kam Patrick gerade dazu, als sie mit wütendem Blick auf ihr Bein starrte, das sie auf einem Stein sitzend vor sich ausgestreckt hatte. Sie griff gerade nach einer Krücke und schlug schließlich auf ihr Bein ein, das wie ein Ameisen-haufen kribbelte. Entsetzt stürmte er herbei und riss ihr die Krücke aus der Hand. „Was zum Teufel machst du da?"

Der Krücke entledigt hieb das Mädchen mit der Hand weiter auf ihr Bein ein. Rasch griff Patrick ihr Handgelenk und hielt es fest. Böse funkelte sie ihn an.

„Hast du Schmerzen?" fragte Patrick verwirrt, woraufhin sie den Kopf schüttelte. „Was denn dann?"

Brigitte blickte sich um und deutete schließlich auf ein paar Ameisen.

„Du bist gebissen worden?" Wieder ein Kopf-schütteln. Patrick überlegte fieberhaft, was sie ihm sagen wollte. Dann begriff er: „Du meinst, dass dein Bein juckt oder kribbelt?" Ein Nicken bestätigte seine Vermutung. Erleichtert lächelte er sie an. „Aber das ist doch gut. Das bedeutet, dass die Nerven noch intakt sind und ihre Arbeit langsam wieder aufnehmen."

Brigitte rollte mit den Augen. Das war ihr im Moment total egal. Sie wollte einfach nur, dass es aufhörte. Das Bein nervte sie schon den ganzen Tag. Wütend entriss sie ihm ihre Hände und schlug erneut auf ihr Bein ein.

„Das ist unangenehm, was?", fragte Patrick verständnisvoll und strich ihr über die Haare. „Warte, kleine Lady. Ich helfe dir." Damit ging er vor ihr in die Knie, streifte ihr den Schuh und den Socken vom Fuß und während Brigitte noch überlegte, was zur Hölle er vorhatte, fing Patrick mit sanften Bewegungen an, ihren Fuß zu massieren. Nach wenigen Handgriffen wurde das Kribbeln bereits besser und ein warmes Gefühl breitete sich in ihrem Fuß aus. Langsam und mit gekonnten Handgriffen arbeitete sich Patrick weiter zu ihrem Unterschenkel, dann zu ihrem Knie. Als er schließlich an ihrem Oberschenkel anlangte, zuckte Brigitte zurück und versuchte, sich ihm zu entziehen. Ihr Körper verkrampfte sich sichtbar.

„Hey. Ich tue dir doch nichts" versuchte er, sie zu beruhigen. Erneut versuchte er, mit seiner Behandlung weiter zu machen, aber wieder entzog sie sich seinem Griff. Langsam kam ihm ein fürchterlicher

Gedanke, den er vorübergehend abzuschütteln versuchte.

„Ich werde dir nicht wehtun, kleine Lady", sagte er sanft und mehr zu sich selbst fügte er hinzu: „Ich könnte dir nie weh tun." Dann schaute er ihr direkt in die Augen: „Vertraust du mir?"

Brigitte erwiderte seinen Blick und überlegte kurz, dann nickte sie leicht und Patrick beendete schließlich seine Massage, gab jedoch Acht, nicht zu nah an ihren Intimbereich zu gelangen. Als er fertig war, stellte Brigitte fest, dass es ihrem Bein bedeutend besser ging. Das Kribbeln hatte fast vollständig aufgehört.

„Geht's wieder?"

Das Mädchen lächelte ihn dankbar an und als sie sich hochstemmte, versuchte sie, das Bein ein bisschen zu belasten. Es trug sie zwar nicht, aber immerhin konnte es bereits einen – wenn auch geringen – Teil ihres Gewichtes tragen.

ENTHÜLLUNGEN

„Gehen wir ein paar Schritte", forderte Patrick sie auf und sie liefen eine Weile ohne Ziel über den Hof. An einem Koppelzaun in der Nähe des Stalls blieben sie stehen und beobachteten die Ponys, die sich dort tummelten. Patrick blickte sich verstohlen um. Als er sah, dass sie alleine waren, räusperte er sich. „Brigitte? Darf ich dich etwas fragen?"

Das Mädchen blickte erstaunt auf. Wenn er sie nicht seine kleine Lady nannte, wurde es wohl ernst. Patrick wirkte verlegen, als er sie anblickte und schließlich nickte sie ihm zu. Der junge Mann wusste nicht, wie er anfangen sollte. Wie fragte man ein Mädchen so etwas wohl? Endlich nahm er seinen Mut zusammen und fing an zu sprechen. „Kann es eventuell sein, dass du… ich meine, hat dich jemand… angefasst? – Was ich fragen will ist, ob jemand etwas mit dir gemacht hat, das du nicht wolltest?" So, jetzt war es raus. Patrick atmete tief durch und hob dann seinen Blick, den er bei seiner Frage gesenkt hatte. Er sah, dass das Mädchen wieder Tränen in den Augen hatte und bereute sofort seine Frage, aber als Brigitte fast unmerklich nickte, blieb ihm vor Entsetzten der Mund offen stehen. Es dauerte ein paar Minuten, bis er mit krächzender Stimme seine nächste Frage stellte:

„Hier?" Patrick hatte sichtbar Angst vor der Antwort, aber Brigitte schüttelte heftig den Kopf. Auch die Frage nach dem Kinderheim verneinte sie. Mit einigen Schwierigkeiten bekam er schließlich die Kurzfassung ihres früheren Martyriums heraus.

Nach seiner ersten Frage hatten sie sich auf eine Bank niedergelassen und Patrick hielt Brigitte tröstend in seinen starken Armen. Keiner von beiden bemerkte den Schatten, der im Stalleingang stand und sie beobachtet hatte. Ein Hund saß neben ihm und leckte ihm die Hand, während Tränen über dessen Wange liefen und auf den Boden tropften.

Als Brigitte schließlich wieder ihre Fassung zurückerlangt hatte, nahm Patrick ihr Gesicht in die Hände und drehte es zu sich herum. „Ich werde nicht zulassen, dass dir wieder jemand wehtut, okay? Du musst wissen, dass ich mir immer eine kleine Schwester gewünscht habe. Wenn es für dich okay ist, möchte ich, dass du diese Schwester bist, um die ich mich kümmern kann. Du bist doch meine kleine Lady." Beim letzten Satz grinste er breit. Brigitte nickte und schlang dankbar ihre Arme um ihn. Dann wurde Patrick wieder ernst: „Sag' mal, stört es dich eigentlich, wenn ich dich so nenne?"

Energisch schüttelte das Mädchen den Kopf und gab ihm einen Kuss auf die Wange. Auf dem Weg zurück zum Haus blieb Brigitte plötzlich stehen, nickte zum Haus hinüber und legte den Finger auf die Lippen.

„Du willst nicht, dass ich meinen Eltern davon

erzähle? Dass ich den Mund halte?" Brigitte nickte und Patrick dachte einen Moment nach. „Ich weiß nicht, ob ich das kann", sagte er leise. Als ihn Brigitte böse anfunkelte, lenkte er jedoch ein: "Okay. Ich werde nichts sagen, aber wenn ich direkt angesprochen werde, werde ich auch nicht lügen. Kannst du damit leben?" Brigitte nickte, das war ein gerechtes Angebot.

An diesem Abend machten sich zwei junge Männer noch lange Gedanken, wie man Brigitte helfen könnte. Beiden war klar, dass sie eigentlich eine Behandlung durch einen Therapeuten benötigte, um das Erlebte aufarbeiten zu können, aber mit einem Therapeuten musste man reden. Etwas, das Brigitte nicht tun würde, wie beide Männer nur zu gut wussten.

Unruhig wälzte sich Timon in seinem Bett herum. Ihm war warm und schließlich entschloss er sich, in die Küche zu gehen, um etwas zu trinken. Als er sich schon wieder der Treppe zuwenden wollte, hörte er Geräusche aus Brigittes Zimmer. Vorsichtig schlich er näher heran. Er hörte Brigitte wimmern und stöhnen, dann hörte es sich an, als würde etwas gegen die Wand geworfen werden. Alarmiert riss er die Tür auf, doch was er dann sah, ließ ihn in der Bewegung innehalten. Brigitte war alleine. Dennoch gebärdete sie sich, als wenn sie gegen jemanden kämpfen würde. Wie wild schlug das Mädchen um sich und schien sich in Schmerzen zu winden. Timon wusste nicht, wie er reagieren sollte und starrte gebannt auf das Mädchen. Er hatte Angst, sie noch mehr zu ängstigen, wenn er nachts in ihr Zimmer ging, aber er konnte sie in ihrer Panik auch nicht alleine lassen. Kurz entschlossen trat er näher an ihr Bett.

„Brigitte? … Gitte, wach auf!"

Als sie nicht reagierte, rückte er ein wenig näher. Gerade wollte er sie an der Schulter fassen und sanft schütteln, als ihn eine ihrer fliegenden Fäuste mitten im Gesicht traf. Reflexartig ergriff er ihre Handgelenke, damit sie ihn nicht weiter verletzen konnte, und hielt diese fest, während er weiter auf sie einredete. Die Berührung riss Brigitte aus ihrem Albtraum und mit weit aufgerissenen Augen starrte sie ihn an, bevor sie ihren Widerstand aufgab und sich etwas entspannte. Erleichtert ließ er ihre Arme los.

„Du hattest einen Albtraum", stellte er unnötigerweise fest, nur um etwas zu sagen. Brigitte nickte erschöpft. „Geht's wieder?", fragte er freundlich, während er sein Gesicht betastete, wo sie ihn getroffen hatte. Erschrocken starrte sie auf sein Auge, das bereits anfing, anzuschwellen. Dann hüpfte sie aus dem Bett, humpelte auf dem gesunden Bein ins Badzimmer und kam Sekunden später mit einem feuchten Waschlappen wieder, den sie ihm auf das Auge drückte. Dabei blickte sie ihn entschuldigend an.

„Es ist schon okay. Du konntest nichts dafür. –

War es wegen dem, über das du heute mit Patrick gesprochen hast?", fragte er nach einer Pause leise. Er traute sich nicht, das Wort Vergewaltigung in den Mund zu nehmen. Es kam ihm so endgültig vor.

Brigittes Gesicht verzog sich zu einer wütenden Fratze, während sie mit dem Kopf in Richtung Decke deutete. „Nein, Patrick hat nichts gesagt. Er würde dich nie verraten."

Brigittes Ausdruck wich Verwunderung und auf ihre unausgesprochene Frage antwortete der Junge: „Ich war im Stall, als ihr gesprochen habt und habe unfreiwillig euer Gespräch mitbekommen. Ich wollte euch nicht belauschen, aber es ist eben passiert. Es tut mir echt leid; ich weiß, dass das nicht richtig war."

Brigitte winkte ab. Er konnte ja nichts dafür. Timon senkte den Blick, als sie ihm in die Augen sah.

„Es tut mir so leid, dass du das durchmachen musstest, Gitte. Ich wünschte, ich könnte es ungeschehen machen oder wenigstens etwas tun, damit du dich besser fühlst." Seine Stimme war so leise, dass man sie kaum hören konnte. Zärtlich legte sie ihm die Hand auf die Wange und zwang ihn, sie anzusehen. Ein Kribbeln durchlief seinen Körper, als sie ihn streichelte und ihr Blick drückte Dankbarkeit aus.

Während Brigitte sein Gesicht betrachtete, fiel ihr wieder die Narbe auf, die sich über seine Wange zog. Sanft folgte sie ihr und Timon spürte deutlich die Frage, die ihr auf der Zunge lag, die sie aber nie aussprechen würde.

„Tja, wir haben wohl alle unsere Vergangenheit", sagte er ausweichend, aber ihr fordernder Blick ließ ihn nicht so einfach davon kommen. Wieder senkte er den Kopf und verfiel in Schweigen, während seine eigenen Erinnerungen an seinem inneren Auge vorbeizogen.

Brigitte ließ ihren Arm sinken und ergriff seine Hand, die sie zärtlich festhielt. Schließlich sagte Timon mit zitternder Stimme: „Das war mein Stiefvater." Erwartungsvoll sah sie ihm in die blauen Augen, die traurig an ihr vorbeistarrten, während er versuchte, einen Anfang zu finden. „Mein richtiger Vater war Soldat und kam bei einem Militäreinsatz ums Leben. Ich durfte ihn nie kennenlernen. Das ist schon passiert, bevor ich geboren wurde. Deshalb hat mich meine Mutter alleine groß gezogen. Eigentlich ging es uns ganz gut. Sie ging halbtags arbeiten und wir lebten in einer recht kleinen Wohnung, aber mit ihrem Einkommen und der Lebensversicherung meines Vaters kamen wir gut über die Runden. Meine Mutter war immer für mich da."

Timon machte eine Pause und ein leichtes Lächeln huschte über sein Gesicht, als er sich die Bilder aus seiner frühesten Kindheit in Erinnerung rief, die er all die Jahre in seinem Herzen bewahrt hatte. Dann wurde sein Blick wieder traurig. „Aber obwohl es uns zusammen gut ging, wusste ich natürlich, dass meine Mutter meinen Vater sehr vermisste. Sie war eigentlich nie der führende Typ, wenn du weißt, was ich meine. Sie war es vorher immer gewohnt, dass andere die Entscheidungen trafen. Erst ihre Eltern und später mein Vater. Sie tat sich schwer mit allem, was so im täglichen Leben an Papierkram anfällt: Bankgeschäfte, Mietverträge und so weiter. Und ich war noch ein kleiner Junge – viel zu klein, um ihr irgendwie helfen zu können. Irgendwann – ich glaube, ich war so vier oder fünf – hat meine Mutter dann diesen Mann kennengelernt, der das verkörperte, was meine Mutter nicht war: Stärke, Entscheidungskraft und Durchsetzungsvermögen."

Wieder stockte Timon und Brigitte versuchte, zu begreifen, was gerade in seinem Kopf vorging. Sanft drückte sie seine Hand und Timon zuckte kurz zusammen, als ihm wieder bewusst wurde, dass er nicht alleine und mitten in einer Erzählung war. Er blickte das Mädchen an und fuhr mit seinem Bericht fort: „Ich konnte den Kerl von Anfang an nicht leiden, obwohl er immer freundlich war, wenn er zu uns gekommen ist. Aber ich merkte auch, wie wohl meine Mutter sich bei ihm fühlte. Sie blühte richtig auf und ich habe sie vorher noch nie so glücklich gesehen. Deshalb habe ich meiner Mutter nie etwas davon gesagt. Vermutlich hätte sie es sowieso als die Eifersucht eines kleinen Jungen abgetan, der seine Mutter nicht mehr für sich alleine hatte. Und vielleicht hätte sie damit sogar Recht gehabt. Ein Jahr später haben sie dann geheiratet und ich wurde sogar von ihm adoptiert. Eigentlich hätte jetzt alles gut sein müssen, aber ab dem Tag, an dem wir zu meinem Stiefvater gezogen sind, veränderte er sich – nicht meiner Mutter gegenüber; zu ihr war er weiterhin der perfekte Ehemann und Vater. Doch mir gegenüber ließ er immer öfter durchblicken, dass ich unerwünscht war – ihn stören würde. Wenn wir allein waren, hat er mich in den Keller gesperrt und geschlagen... und manchmal..."

Erneut machte er eine Pause, um sich für das zu wappnen, was er sagen wollte. Seine zitternde Stimme war noch leiser, als er schließlich weitersprach: „...manchmal musste ich mich auch ausziehen... und er hat mich... angefasst. Er sagte, er müsse kontrollieren, ob bei mir alles in Ordnung wäre, ob ich mich richtig entwickeln würde. Ich war damals gerade sechs und hatte keine Ahnung, was er da tat und wenn ich mich wehrte und ihn bat, aufzuhören, hat er mich verprügelt."

Timon senkte beschämt den Blick und Brigitte bemerkte die Träne, die ihm über die Wange rollte. Sanft streichelte sie seinen Unterarm. Sie wusste genau, wie er sich gefühlt haben musste. Das Gefühl, wenn man benutzt wird und es hilflos ertragen musste, war ihr nur allzu deutlich in Erinnerung. Der Junge holte tief Luft und drängte die Tränen zurück.

„Meiner Mutter erzählte mein Stiefvater immer, ich wäre der tollpatschigste Junge der Welt und hätte mich beim Spielen verletzt, wenn ich blaue

81

Flecken oder Wunden am Körper hatte. Einmal habe ich versucht, mit meiner Mutter zu reden, ihr die Wahrheit zu sagen. Sie hat mir nicht geglaubt! Sie war so von dem Kerl eingenommen, dass sie nicht in der Lage war, die Wahrheit zu erkennen. Ein dreiviertel Jahr später wurde sie dann sehr krank, musste immer wieder ins Krankenhaus. Da wurde alles noch schlimmer. Wenn ich nicht in der Schule war, sperrte er mich in den Keller. Meine Mutter durfte ich nur selten besuchen und wenn sie nach Hause kam, war sie enttäuscht, weil ich sie nie besucht hatte. Sie ist auch im Krankenhaus gestorben, ohne dass ich mich von ihr verabschieden durfte. Ich wäre so gerne bei ihr gewesen, als es zu Ende ging, aber ich hockte im Keller und kam nicht raus. Er hat mir erst eine Woche nach ihrem Tod gesagt, dass sie nicht mehr da war. Zu dieser Zeit war sie bereits beerdigt. – Es waren Ferien, deshalb vermisste mich niemand in der Schule und er ließ mich einfach im Keller. Immer wieder schlug er mich und zu essen gab es kaum etwas. Ich wurde immer schwächer und konnte mich letztlich nicht mehr gegen seine sexuellen Übergriffe wehren. Es war mir irgendwann sogar egal. Gegen Ende des Sommers war ich schließlich so abgemagert, dass ich durch die Gitterstäbe im Kellerfenster klettern konnte. Ich wollte einfach nur weg und schaffte es endlich, mich zu befreien. Leider kam mein Stiefvater gerade zurück, als ich durch das Fenster geklettert bin. Er hatte wohl Angst, ich könnte die

Wahrheit ans Licht bringen und zog plötzlich ein Messer."

Brigitte zuckte erschrocken zusammen, dann hob sie die Hand und fuhr sanft über die Narbe auf seiner Wange. Timon nickte: „Er hat mich angegriffen und immer wieder auf mich eingestochen. Die Angst und die Schmerzen gaben mir Kraft: ich habe geschrien, wie am Spieß und einige Nachbarn haben es schließlich gehört und kamen mir zu Hilfe. Sie riefen die Polizei und einen Krankenwagen, und als ich endlich die Blaulichter sah, nahm mein Stiefvater Reißaus. Ich weiß noch, dass mich jemand hochhob, dann war es dunkel. Ich bin erst später im Krankenhaus wieder aufgewacht, wo meine Verletzungen versorgt wurden. Das hier…", er deutete auf seine Narbe im Gesicht, „…ist nur eine von vielen. Sie erinnern mich täglich an diesen Tag. Aber ein Gutes hatte das Ganze."

Brigitte blickte überrascht in seine Augen.

„Ich wurde von den Sandbachs aufgenommen. Sie haben mich direkt aus dem Krankenhaus geholt. Damals war ich acht und zum ersten Mal erlebte ich, wie es ist, eine Familie zu haben. Patrick hat mich sofort akzeptiert, obwohl ich bestimmt nicht ganz einfach war am Anfang. Wolfgang und Karin haben mich aufgepäppelt und wie einen Sohn geliebt – und das tun sie auch heute noch."

Während seiner Erzählung hielt Brigitte die ganze Zeit seine Hand. Nun hob sie ihren Arm und wischte ihm sanft die Tränen weg, die ihm in die Augen getreten waren. Ihr Blick schien ihm direkt in die Seele zu schauen. Timon wagte nicht zu blinzeln. Dann hob sie auch den anderen Arm und ergriff sanft sein Gesicht. Der zärtliche Kuss, den sie ihm auf die Lippen gab, schien ein Feuerwerk in seinem Inneren zu entfachen und erschrocken ließ er den Waschlappen fallen, den er immer noch in der Hand gehalten hatte.

Dann siegte jedoch die Vernunft und er löste sich sanft aber bestimmt aus ihrem Kuss. „Das dürfen wir nicht", flüsterte er leise. Aber im nächsten Moment fragte er sich ‚Warum eigentlich?' Immerhin waren sie in keiner Weise verwandt, auch wenn sie in derselben Pflegefamilie lebten. Dennoch kam es ihm falsch vor, wenn er sich in sie verlieben würde. Energisch drängte er das Gefühl zurück, das in ihm aufflammte. Brigitte schien es ähnlich zu gehen, denn auch sie senkte verlegen den Blick.

„Ich sollte jetzt besser gehen", sagte Timon schließlich und erhob sich von der Bettkannte, auf der er die ganze Zeit gesessen hatte. An der Tür drehte er sich noch einmal um. „Gute Nacht, Gitte."

Brigitte lächelte ihm zu und kaum hatte er die Tür geschlossen, schlief sie auch schon wieder ein. Aber diese Nacht hatte etwas zwischen den beiden verändert. Sie hatten den anderen an ihrer Vergangenheit teilhaben lassen und beide fühlten sich gut dabei. Auch der Kuss hatte in den beiden jungen Menschen etwas ausgelöst, das alles ver- änderte. Im Gegensatz zu Patrick, den Brigitte als ihren großen Bruder ansah, der für sie da war, sie tröstete, wenn sie traurig war und dem sie ihr Leben anvertraut hätte, hegte sie für Timon ganz andere Gefühle. Wenn sie ihn sah oder an ihn dachte, machte ihr Herz einen Hüpfer. Sie fühlte sich zu ihm hingezogen und suchte seinen Blick. Aufregung ergriff sie, wenn er sie berührte und das Kribbeln im Magen fühlte sich schön an. Konnte das an ihrer Vergangenheit liegen? Fühlten sie sich verbunden, weil sie beide so schreckliche Dinge durchgestanden hatten?

Aufgrund des langen Gespräches in der Nacht waren Timon und Brigitte erst am frühen Morgen ins Bett gegangen und entsprechend müde. Wenigstens konnten sie ein bisschen ausschlafen, da es Wochenende war und sie somit nicht in die Schule mussten. Als Timon an den Frühstückstisch kam, blickte seine Mutter erschrocken auf, als sie das Veilchen entdeckte.

„Was ist denn mit dir passiert?", fragte sie überrascht.

„Ach, nichts weiter. Ich wollte mir heute Nacht etwas zu trinken holen und bin in der Dunkelheit gegen einen Schrank gelaufen." Hinter dem Rücken seiner Mutter zwinkerte er Brigitte zu, die prompt zu kichern anfing.

Mit einem strafenden Blick drehte sich Karin zu ihr um: „Das ist aber nicht nett, Brigitte."

Sofort verstummte das Mädchen wieder und Timon grinste ihr zu. Patrick hatte den Blickwechsel der beiden gesehen und fragte sich, was hier los war. Die Geschichte mit dem Schrank hatte er Timon sowieso nicht abgenommen und er beschloss, seinen Bruder später zur Rede zu stellen.

Während der folgenden Stunden hatte er immer mehr das Gefühl, dass irgendetwas anders war und als er am Nachmittag mit Timon zusammen die Ställe ausmistete, trat er auf seinen Bruder zu und bedachte ihn mit einem strengen Blick.

„Also gut, was ist hier los?", fragte er streng, woraufhin Timon sich dumm stellte und ein unschuldiges „Ich weiß nicht, was du meinst" entgegnete.

„Dein Auge!" Patrick deutete auf sein Gesicht, in dem es dunkel schillerte.

„Das habe ich doch schon erzählt. Ich bin im Dunkeln gegen den Schrank gelaufen."

„Das kannst du vielleicht Mama weiß machen, aber mir doch nicht!", stellte Patrick fest und sein strenger Blick schien Timon schrumpfen zu lassen. Verlegen senkte dieser den Blick.

„Ich höre?", forderte ihn sein Bruder erneut auf.

„Brigitte hat mir eine verpasst", kam die leise Antwort, woraufhin Patrick losprustete und kaum noch Luft bekam.

Als er sich wieder gefangen hatte, frage er immer noch grinsend: „Bitte? Die kleine Lady hat dich starken Mann k.o. geschlagen?"

„Doch nicht mit Absicht!"

„Aha. Und wie schlägt man jemanden ohne

Absicht?" Patrick grinste noch immer, aber als ihm Timon von seinem Unfall letzte Nacht und dem Grund dafür erzählte, wurde er ernst. „Wenn ich nur wüsste, wie man ihr helfen könnte."

„Darüber zermartere ich mir auch schon den Kopf. Aber mir fällt auch nichts Anderes ein, als für sie da zu sein, wenn Gitte uns braucht."

„Warum nennst du sie eigentlich Gitte?", fragte Patrick.

Timon antwortete mit einer Gegenfrage: „Warum nennst du sie deine kleine Lady?"

„Touché", grinste Patrick. Doch er hatte den sanften Ausdruck in Timons Augen gesehen, als dieser über sie sprach und dachte einen Moment darüber nach. „Sag' mal, läuft da was zwischen euch?", fragte er dann mit einem Zwinkern und fand, dass das entrüstete „Natürlich nicht!" ein wenig zu schnell in den Raum geworfen wurde. Und spätestens, als Timons Wangen sich unter seinem strengen Blick leicht verfärbten, wusste Patrick Bescheid.

Er fand das in Ordnung. ,Die beiden passen gut zusammen', dachte er und schweigend beendeten sie ihre Arbeit.

Als Patrick Brigitte ein paar Tage später ihre Reitstunde gab, hatte er sein Gespräch mit Timon schon fast wieder vergessen. Während des Reitunterrichts hatte Patrick das Gefühl, dass Brigitte ihr krankes Bein mehr einsetzte, als noch vor wenigen Tagen, während ihrer letzten Stunde. Er ließ sie kurz anhalten und befühlte ihre Beinmuskeln. Sie waren stärker geworden, das konnte er mit Freude feststellen. Er ließ sie gegen seine Hand treten, während er diese gegen die Sohle des Reitstiefels stemmte. Dann machte er es auch auf der anderen Seite.

Brigitte sah ihm dabei schweigend zu, während sie ihn fragend anblickte.

„Alles okay", beruhigte er sie, „aber lass' es uns heute mal ohne Steigbügel probieren." Er kreuzte die Steigbügel vor dem Sattel, sodass sie Lady nicht behinderten. „Beine schön lang lassen und antraben", befahl er und mit einem stolzen Lächeln im Gesicht beobachtete er, wie gut sie inzwischen das Bein kontrollieren konnte. Als Brigitte am Ende der Stunde aus dem Sattel stieg, registrierte er mit Freude, dass sie auf beiden Füßen landete. Zufrieden nahm er Lady am Zügel und band sie an der Bande fest.

Brigitte wartete geduldig, dass er ihr ihre Krücken

reichte, aber Patrick dachte gar nicht daran. Er kam auf sie zu und streckte ihr die Hand entgegen, jedoch so, dass sie sie nicht ganz erreichen konnte, ohne einen Schritt vorwärts zu gehen.

Verwirrt nickte sie zu ihren Krücken hinüber. „Die brauchst du nicht", sagte Patrick und seine Stimme war ruhig und bestimmt. „Schau' mal nach unten."

Brigitte folgte seinem Blick und nun fiel auch ihr auf, dass sie nicht wie normal auf einem, sondern auf beiden Beinen stand. Vor Schreck verlor sie prompt das Gleichgewicht und landete mit dem Po im weichen Sand. Lächelnd zog Patrick sie wieder auf die Beine und mit seiner Hilfe machte sie ihren ersten Schritt. Das Bein zitterte zwar gefährlich, aber es trug ihr Gewicht, ohne wegzuklappen. Da er ihr Bein jedoch nicht zu viel auf einmal belasten wollte, reichte Patrick ihr schließlich doch ihre Krücken.

„In ein paar Wochen brauchst du die nicht mehr, kleine Lady", lächelte er und der Stolz in seiner Stimme war nicht zu überhören.

Brigitte konnte seinen Worten zwar noch nicht so ganz glauben, doch sie beflügelten ihre Anstrengungen bei den Übungen. Verbissen führte sie die Krankengymnastik durch und erhöhte die Anzahl der Wiederholungen. Immer wieder belastete sie ihr Bein, bis es schließlich zu zittern anfing und war enttäuscht, wenn es mal einen Rückschlag gab.

Wenn sie nicht im Stall half, Reitunterricht hatte oder mit ihren Übungen beschäftigt war, setzte sie sich an ihren Lieblingsplatz, um zu Lesen. Inzwischen hatte sie sich auch an den ängstlichen, schwarzen Hengst gewöhnt, der immer wieder einmal näher kam, um sie zu beobachten. Doch Patricks Warnung klang ihr noch immer in den Ohren und sie traute sich nicht, näher an den Zaun zu gehen. Genauso wenig, wie sich der Hengst traute, ganz nahe heranzukommen.

Doch Brigitte fiel auch auf, dass er sich näher herantraute, wenn er sich unbeobachtet fühlte. Daher fing sie an, immer wieder vorsichtig hoch zu schielen, während sie las, und stellte dabei fest, dass er tatsächlich bis an den Zaun herantrat und manchmal sogar den Kopf über den Zaun hinaus in ihre Richtung streckte, um zu wittern. Sobald er jedoch bemerkte, dass sie ihn beobachtete, drehte er auf der Hinterhand um und stürmte ans andere Ende der Koppel. Dann dauerte es meist eine Weile, bis er sich wieder ein wenig herantraute.

,Du bist schon ein komischer Kauz', dachte sie eines Tages, als sie ihre Krücken aufhob und zum Haus zurückging. Das Tier beobachtete sie genau und Brigitte ging absichtlich etwas langsamer, als normal. Lächelnd registrierte sie die leisen Schritte hinter sich, als das Tier näher kam. Ganz langsam drehte sie sich noch einmal um und zum ersten Mal blieb der Hengst einige Sekunden stehen und betrachtete das Mädchen, bevor er dann doch die Flucht ergriff.

In den nächsten Wochen sah Brigitte Timon hauptsächlich bei den Mahlzeiten. Er wirkte nervös, wenn sie seinen Blick festzuhalten versuchte und schien ihr auch auf dem Hof aus dem Weg zu gehen. Meist verbrachte er viel Zeit in seinem Zimmer, um für das Abitur zu lernen. Bis zu den schriftlichen Prüfungen war es nicht mehr lang und somit hatte er eine gute Ausrede, warum er sich absonderte.

Doch Timon verbrachte nicht die ganze Zeit vor seinen Büchern. Sein nächtliches Gespräch mit Brigitte hatte Erinnerungen und Gefühle zurückgebracht, die er in den letzten zehn Jahren recht erfolgreich verdrängt hatte. Es kam vor, dass er vor dem Spiegel stand und nachdenklich jede einzelne Narbe an seinem Körper betrachtete. Dann sah er seinen Stiefvater vor sich und spürte jeden Stich, jeden Schnitt, als wenn er gerade erst ausgeführt werden würde. Einmal hätte er fast laut losgeschrien und konnte den Schrei gerade noch abwenden. Dennoch entfuhr ihm ein lautes, schmerzhaftes Stöhnen, das nur Sekunden später seinen Bruder in der Tür erscheinen ließ, der gerade etwas aus seinem Zimmer hatte holen wollen. „Was ist los?", fragte er besorgt.

Timon reagierte blitzschnell: „Ich... ich habe mich nur gestoßen. Nichts weiter. Hat nur verdammt wehgetan."

Patrick warf ihm einen ungläubigen Blick zu. Timon wirkte blass, stand mit freiem Oberkörper mitten im Zimmer und Gesicht und Brust waren feucht vom Schweiß. Langsam ging er auf ihn zu. „Bist du krank?"

„Nein!", antwortete Timon ein wenig zu heftig. „Mir geht es gut. Ich habe mich nur gestoßen."

„Wo?", fragte Patrick nur.

„Ehm. Am Fuß", sagte Timon schnell und hatte sich damit verraten.

„Komisch. Als ich eben reinkam, hast du dir nicht den Fuß, sondern die Seite gehalten. Warum lügst du, Timon?"

„Warum sollte ich lügen?"

„Das weiß ich eben nicht. Ich dachte bisher immer, dass wir nicht nur Brüder, sondern ein Team sind – Freunde. Was ist los mit dir? Du bist schon seit einigen Tagen so anders, genaugenommen seit… Hat es mit Brigitte zu tun?"

Timon senkte den Blick. „Nein, Gitte hat damit nichts zu tun. Nicht direkt jedenfalls."

„Sondern?"

„Mit meiner eigenen Vergangenheit. Ich dachte immer, ich hätte damit abgeschlossen, aber plötzlich ist alles wieder da."

Patrick ließ sich auf die Armlehne eines Sessels nieder und blickte seinen Bruder aufmerksam an. Dabei betrachtete er auch die feinen Narben, woraufhin Timon aufstand, sich sein Shirt wieder überzog und aus dem Fenster starrte. Sein Bruder stand langsam auf und trat ein paar Schritte auf ihn zu. „Ich weiß, ich habe Mutti damals versprechen müssen, dich nicht nach den Narben zu fragen und deshalb werde ich es auch nicht tun. Aber wenn du es mir erzählen möchtest, werde ich da sein." Er legte Timon die Hand auf die Schulter, drehte sich dann um und ging zur Tür. Er hatte sie beinahe erreicht, als Timon sich umdrehte. „Patrick?"

Der Mann blieb stehen und ließ seine Hand sinken, die er bereits zur Türklinke ausgestreckt hatte. „Ja?"

„Vielleicht könnte ich einen Freund gerade gut gebrauchen", gab der junge Mann zu.

Patrick kam daraufhin zurück und setzte sich auf den Sessel, während Timon auf der Tischkannte Platz nahm. Dann stand er jedoch wieder auf und lief unruhig im Zimmer umher, bevor er anfing, zum zweiten Mal in kurzer Zeit über die Erlebnisse seiner jüngsten Kindheit zu sprechen, diesmal jedoch mit allen Einzelheiten, die er bei Brigitte weggelassen hatte. Sein Bruder hörte aufmerksam und mit wachsendem Entsetzen zu. Alles, was er bisher gewusst hatte, war, dass Timons Stiefvater ihn misshandelt und angegriffen hatte, was zwar stimmte, doch der junge Mann hätte sich niemals das ganze Ausmaß vorstellen können, dass sein Bruder als Kind durchmachen musste. Er ließ Timon einfach reden, ohne ihn zu unterbrechen, auch wenn er zwischendurch eine Pause machen musste, um seine Fassung nicht zu verlieren. Als dieser von dem Messerangriff erzählte, ballten sich seine Hände zu Fäusten und man konnte deutlich die Wut hören, die in ihm brodelte. „…und dann habe ich die Lichter gesehen – die Blaulichter. Ich dachte, jetzt wird alles gut. Da hat er sich nochmal zu mir runter gebeugt und mir ins Ohr geflüstert, dass er mich gleich hätte erledigen sollen, nachdem er meine Mutter erledigt hatte. Dabei hat er ganz langsam die Klinge immer weiter in meine Brust geschoben. Sie sollte mein Herz treffen, und er wollte es genießen, mich zu töten. Es tat so unheimlich weh, nicht nur die Klinge, sondern die Worte, die er sprach. Patrick, dieses Schwein hat vielleicht meine Mutter getötet und ich habe nichts davon gemerkt. Ich habe ihr nicht helfen können." Er blickte erneut in den Spiegel und spürte wieder diesen Stich in der Brust, hob die Faust und ließ sie auf den Spiegel sausen.

Im letzten Moment fing Patrick seinen Schlag ab, ergriff sein Handgelenk und zog ihn in seine Arme. Timon wollte sich wehren, sich von ihm losreißen und alles klein schlagen, was ihm vor die Fäuste kam. So lange hatte er seine Wut im Zaum gehalten, so lange den Wunsch nach Rache unterdrückt, dass es ihn beinahe auffraß. Sein Gesicht wurde puterrot, während er gegen den Bruder und die Wut ankämpfte. Patrick spürte, wie ihn die Kraft verließ´. Er würde ihn nicht viel länger halten können. „Lass' es raus, Timo. Es wird dir dann besser gehen", rief er ihm ins Ohr und bot noch einmal seine letzten Reserven auf, um Timon unter Kontrolle zu behalten.

„N E I N!", schrie sein Bruder plötzlich, und es war ein langer, durchdringender Schrei, der Patrick beinahe das Ohr platzen ließ, doch die Wirkung trat unmittelbar danach ein. Timon sackte in sich zusammen, gab seinen Widerstand auf und gemeinsam gingen die beiden in die Knie und hielten sich in den Armen. Timon vergrub sein Gesicht an der Schulter des großen Bruders und fing an zu weinen.

Nur Sekunden später wurde die Zimmertür aufgerissen und ihre Eltern stürmten mit entsetzten Gesichtern heran, blieben wie angewurzelt stehen und starrten ihre Söhne an. „Was zum Teufel...", fing Wolfgang an, wurde aber von seinem Ältesten unterbrochen: „Später, Papa. Kannst du bitte Brigitte raufbringen?"

„Brigitte? Aber wie...?"

„Bitte!", sagte Patrick eindringlich und schließlich nickte sein Vater und zog seine Frau mit sich fort. Brigitte kam ihnen mit panischem Gesichtsausdruck in Höhe des Reitplatzes entgegen. Sie war auf ihrem Lieblingsplatz gewesen und hatte den Schrei – den Todesschrei von Timon, wie sie glaubte – sogar dort gehört und war dann so schnell sie konnte zurückgelaufen. Wolfgang brachte sie nach oben, wo Timon inzwischen auf seinem Bett lag, nass geschwitzt und schwer atmend, aber am Leben, wie Brigitte feststellen konnte. Patrick saß neben ihm auf der Bettkannte und kam gerade wieder zu Atem.

„Ich glaube, das war längst überfällig, kleiner Bruder. Du hast mir einen ganz schön harten Kampf geliefert."

„Vielleicht hättest du mich lieber in den Spiegel

schlagen lassen sollen", kam es schwach und mit rauer Stimme von dem Bett, während Brigitte langsam näher trat.

„Das konnte ich nicht. Du weißt doch: ein zerbrochener Spiegel bedeutet sieben Jahre Pech. Das kann ich doch nicht zulassen." Er lächelte seinen Bruder an, stand auf und suchte Brigittes Blick. „Kannst du dich bitte ein bisschen um ihn kümmern, kleine Lady?"

Brigitte nickte und Patrick schob seine Eltern sanft aus dem Zimmer. Das Mädchen hörte, wie die drei die Treppe hinunter gingen, während sie noch immer auf Timon starrte, der die Augen geschlossen hielt und immer noch schwer atmete. Daraufhin ging sie auf den Flur, fand die Tür zum Bad und besorgte einen feuchten Waschlappen, mit dem sie zurück in Timons Zimmer ging, sich vorsichtig auf die Bettkannte setzte und ihm mit dem Waschlappen den Schweiß vom Gesicht tupfte.

Da öffnete Timon die Augen und suchte ihren Blick. Sie war aschfahl und die Angst stand ihr noch immer ins Gesicht geschrieben. Da begriff er, was sein Schrei in ihr ausgelöst haben musste und legte seine rechte Hand auf ihre linke, die sie sanft auf seine Brust gelegt hatte – genau da, wo der Schmerz am stärksten gewesen war. „Es tut mir leid, Gitte. Ich wollte dich nicht erschrecken. Aber ich konnte es nicht länger zurückhalten."

Brigitte schüttelte leicht den Kopf, legte den Waschlappen auf den Nachttisch und ihren Zeigefinger auf die Lippen. Dann beugte sie sich zu ihm herunter und gab ihm einen zärtlichen Kuss auf den Mund. Dankbar lächelte er sie an, bevor er erschöpft die Augen schloss. Das Mädchen spürte, wie sich seine Atmung langsam beruhigte und da sie die Hand noch immer auf seinem Herzen liegen hatte, bemerkte sie auch, dass das kräftige Pochen verebbte und dem gleichmäßigen Herzschlag eines jungen Mannes wich, der sich langsam zu entspannen schien.

Patrick hatte inzwischen den Eltern erklärt, was in Timons Zimmer vorgefallen war und warum sein Bruder einen solch fürchterlichen Schrei ausgestoßen hatte.

Scheinbar war genau dieser Schrei wirklich notwendig gewesen, um Timon wieder zurück in die Gegenwart zu bringen. Er erholte sich schnell und ging am nächsten Tag zusammen mit seinem Vater zur Polizei, um dort eine Aussage zu machen. Bisher hatte der Junge nie jemandem von den letzten Worten seines Stiefvaters erzählt, doch aufgrund seiner jetzigen Aussage wurde auch der Tod seiner Mutter untersucht und geprüft, wobei festgestellt wurde, dass ihr Tod tatsächlich kein natürlicher Tod gewesen war. So konnte Timon seiner Mutter wenigstens heute ein bisschen Gerechtigkeit verschaffen und sein Stiefvater, der nach wie vor im Gefängnis saß, nachdem er vor einigen Jahren gefasst und wegen dem Mordanschlag auf seinen

Stiefsohn verurteilt worden war, konnte nun einer weiteren Verurteilung wegen vollendetem Mordes entgegenblicken.

Damit konnte der junge Mann nun endlich mit seiner Vergangenheit abschließen und war bald wieder ganz der Alte. Wenig später schrieb er die ersten Klausuren und wurde schließlich zur mündlichen Prüfung zugelassen. Jetzt hieß es abwarten, wie er sich beim Abitur angestellt hatte, doch Timon war eigentlich ganz zuversichtlich.

Um sich ein wenig abzulenken, machten er und Brigitte, teilweise auch mit Patrick an den Wochenenden Ausflüge in den Zoo oder in einen nahe gelegenen Freizeitpark, die alle drei sichtlich genossen. Wenn das Wetter es zuließ, wurde gemütlich gegrillt und Timon verwöhnte seine Familie mit ein paar gefühlvollen Liedern zum Klang seiner Gitarre.

Gleichzeitig nahm er sich wieder mehr Zeit, um mit Brigitte zu trainieren. Gemeinsam waren die Rückschläge leichter zu ertragen, doch Patrick war nach wie vor davon überzeugt, dass das Mädchen irgendwann wieder normal laufen würde – ohne Krücken oder sonstigen Einschränkungen.

NÄCHTLICHER ANGRIFF

Patrick sollte Recht behalten. Zwei Tage nach Anbruch der Sommerferien standen die Krücken schließlich in einer Ecke in Brigittes Zimmer. Zwar humpelte das Mädchen nach wie vor ein bisschen, aber das störte niemanden. Im Gegenteil. Die Sandbachs waren froh und stolz auf ihre Pflegetochter und zur Feier des Tages und auch wegen der Zeugnisse veranstalteten sie ein kleines Familienfest mit Barbecue, Salaten und Musik. Nur auf das Lagerfeuer verzichtete die Familie lieber.

Es war ein warmer Abend und die Stimmung war ausgelassen. Brigittes Zeugnis war angesichts ihres erst kürzlichen, zweifachen Schulwechsels besser ausgefallen, als sie befürchtet hatte, und Timon hatte nun ein solides Abitur in der Tasche. Da er jedoch noch nicht genau wusste, was und vor allem ob er überhaupt studieren wollte, hatte er beschlossen, erst einmal auf dem Hof mitzuarbeiten und seinem Bruder beim Dressurtraining zu helfen. Nach den Ferien wollte er sich dann einen Aushilfsjob suchen, bis er sich entschieden hatte.

Als sie nach dem Essen beisammen saßen und der Musik lauschten, lächelte Wolfgang seine Frau an und hielt ihr die Hand hin: „Komm', Schatz. Wir haben schon ewig nicht mehr getanzt." Karin grinste wie ein Teenager und ließ sich von ihm in die Arme schließen. Verträumt beobachtete Brigitte ihre Pflegeeltern.

„Was ist, kleine Lady? Traust du dir das schon zu?"

Brigitte hatte gar nicht bemerkt, wie Patrick aufgestanden und vor sie hingetreten war. Mit einem ungläubigen Blick deutete sie fragend auf ihre Brust.

Patrick grinste. „Wer denn sonst? Du musst doch zugeben, dass es ein bisschen albern aussehen würde, wenn ich mit Timon das Tanzbein schwinge."

Brigitte kicherte, als sie sich das bildlich vorstellte. Während Patrick sie dann auf die Wiese zu den Eltern führte, warf sie Timon einen verstohlenen Blick zu, aber der lächelte nur aufmunternd. Brigitte hatte noch nie zuvor getanzt und wusste nicht so recht, was sie machen sollte. Etwas verloren stand sie vor Patrick und blickte ihn unschlüssig an. Lächelnd legte er ihren einen Arm auf seine Schulter, ergriff ihre andere Hand mit seiner eigenen und legte seine zweite auf ihren Rücken.

„Lass' dich einfach führen", flüsterte er und fing an, sich zu den langsamen Tönen der Musik zu bewegen. Etwas steif versuchte sie, ihm zu folgen und schaute dabei ständig auf ihre Füße. Schließlich hatte Patrick eine Idee: „Kannst du dich noch an deine erste Reitstunde mit Lady erinnern?" Brigitte dachte an den Nachmittag zurück, an dem die beiden Jungen sie kurz entschlossen auf den Pferderücken gesetzt hatten und nickte. „Dann schließe die

Augen und fühle einfach den Rhythmus, genauso wie du es bei Lady gemacht hast. Ich halte dich, du wirst schon nicht fallen."

Zögernd schloss sie die Augen und konzentrierte sich auf die Musik. Patrick hielt sie eng an seinem Körper, wodurch sie jede seiner Bewegungen fühlen konnte, und folgte ihm automatisch. Er hielt sie so fest, dass sie nicht einmal humpelte und nach dem nächsten Lied fühlte sie sich schon viel sicherer und öffnete schließlich ihre Augen.

„Siehst du, kleine Lady? Du musst dich nur darauf einlassen." Stolz gab er ihr einen Kuss auf ihre Stirn.

„Darf ich auch mal?", meldete Timon sich nun zu Wort, der an sie herangetreten war.

„Aber natürlich, kleiner Bruder", grinste ihn Patrick an und übergab ihre Hand galant an Timon, der sie ergriff und das Mädchen in seine Arme schloss.

„Wir räumen schon mal ein bisschen zusammen", sagte Mutter Karin derweil, da es bereits dunkel geworden war und sie morgen früh die Tiere versorgen mussten.

Timon störte das nicht. Er hielt Brigitte in seinen Armen und genoss den zügigen Rhythmus des Liedes. Als dieses beendet war und die langsamen Klänge eines seiner Lieblingslieder angestimmt wurden, legte er ihre Hand, die er in seiner hielt, um seinen Nacken und griff mit seinen Händen um ihre Hüften. Langsam wiegten sie sich zu den sanften

Klängen. Brigitte legte ihren Kopf auf Timons Schulter, während dieser mit leiser Stimme den Text mitsang.

Als Karin aus der Tür trat, zog sie ihren Mann am Ärmel zu sich heran und nickte in Richtung Garten. Auch den Sandbachs waren die Blicke der beiden nicht gänzlich verborgen geblieben und selig lächelnd lehnte sich Karin an die Brust ihres Mannes und beobachtete ihre Pflegekinder ein paar Minuten, bevor sie sich diskret zurückzogen. Patrick folgte ihnen, leise in sich hineinlächelnd.

Als das Lied beendet war, herrschte tiefe Stille um sie herum. Brigitte hatte die Augen geschlossen und ihr Kopf lehnte noch immer an Timons Schulter. Zärtlich ergriff er ihre Hand. „Komm'!", sagte er nur und gemeinsam gingen sie Hand in Hand spazieren. Bandit folgte ihnen auf dem Fuß und betrachtete verwundert sein Herrchen. An einer der Schafweiden blieben sie stehen und beobachteten die Tiere. Ruby, der Hütehund, begrüßte sie kurz, bevor sie sich wieder ihrer Arbeit widmete. Timon hatte Brigitte den Arm und die Schulter gelegt und zog sie an sich heran, um ihr einen Kuss auf die Schläfe zu geben. In diesem Moment fing Bandit zu knurren an.

Grinsend drehte sich Timon zu ihm um. „Bist du etwa eifersüchtig?", fragte er lachend.

Doch Bandit hatte seinen Blick in Richtung Wald geheftet. Ein tiefes Grollen entrann seiner Kehle. Auch Ruby hatte die Ohren gespitzt und knurrte bedrohlich. Die Schafe drängten sich in einer Ecke des Zaunes dicht aneinander.

Alarmiert packte Timon Brigitte an der Schulter: „Du bleibst hier!", befahl er mit leiser, aber ernster Stimme. Dann hechtete er über den Zaun und lief in gebückter Haltung zum Waldrand, die beiden Hunde dicht auf den Fersen.

Plötzlich löste sich ein riesiger Schatten aus den Bäumen und mit einem weiten Satz warf er sich auf den Jungen, der nicht mehr rechtzeitig ausweichen konnte. Verzweifelt kämpfte er gegen die scharfen Zähne, die ihm immer wieder schmerzhafte Wunden zufügten.

Fassungslos starrte Brigitte auf die Szene vor ihr und konnte sich nicht bewegen. Schließlich schafften es die beiden Hunde, den Angreifer in die Flucht zu schlagen. Timon richtete sich langsam auf und wollte zurück zu Brigitte laufen, brach aber nach wenigen Schritten zusammen.

„Timon! NEIN!", schrie Brigitte aus vollem Halse und endlich gehorchten ihr ihre Beine wieder. Panisch lief sie auf den leblosen Körper im Gras zu und nahm seinen Kopf zärtlich in die Arme.

Patrick, der gerade noch einmal nach den Pferden gesehen hatte, bevor er ins Bett gehen wollte, hatte den markerschütternden Schrei gehört und stürzte alarmiert aus dem Stall. Verwirrt blickte er sich um, als Ruby plötzlich auf ihn zu gehumpelt kam. Blut lief ihr über die Flanke. Humpelnd führte sie ihn zur Weide, wo er seinen Bruder blutüberströmt auf dem

Boden liegen und Brigitte neben ihm knien sah. Schnell kniete er ebenfalls neben ihm nieder und fühlte seinen Puls. Dieser schlug immer noch kräftig.

Patrick blickte Brigitte an, die wimmernd neben Timon saß und sein Gesicht streichelte. Flink zog er sein Shirt über den Kopf und drückte es auf eine stark blutende Wunde an Timons Seite. Dann ergriff er Brigittes Hand und presste sie darauf.

„Du musst fest drücken!", befahl er. „Bleib' du bei ihm, ich hole Hilfe." Ohne eine Antwort abzuwarten, sprang er hoch und setzte mit einem gewaltigen Sprung über den Zaun. Am Haus riss er die Tür auf und rief. „Mama, Papa! Ruft einen Krankenwagen. Timon wurde von einem Tier angegriffen und ist schwer verletzt!"

Während Wolfgang zum Telefon stürmte, um den Notarzt zu rufen, griff Patrick nach einer Wolldecke und ein paar Handtüchern und stürmte wieder aus dem Haus.

Karin schrie ihm noch ein „Wo?" hinterher und Patrick rief im Laufen: „Vordere Weide", dann war er auch schon wieder verschwunden.

An der Koppel angekommen, bettete er Timons Kopf auf die Decke und versuchte, mit den Tüchern die Blutungen zu stillen. Es kam ihm wie eine Ewigkeit vor, bis er endlich die Lichter des Krankenwagens erblickte. Während die Sanitäter und der Notarzt heranliefen, stand Patrick auf und löste mit sanfter Gewalt Brigittes Griff von seinem Bruder.

„Komm', Bandit!", rief er dem Hund zu, der nach

104

wie vor neben seinem Herrchen ausharrte. Auch er blutete. Widerwillig trottete er zu Patrick und Brigitte, die verzweifelt versuchte, sich aus Patricks Griff zu befreien, um zurück zu ihrem Freund zu kommen. Sanft schloss er sie in seine starken Arme und sie lehnte sich schluchzend an seine nackte Brust. Seine Eltern, die sich inzwischen wieder etwas übergezogen hatten, kamen mit einem geschockten Ausdruck auf den Gesichtern auf die beiden zu.

„Fahr' du mit ihm, Mutti. Ich kümmere mich um Brigitte. Dad, kannst du dir bitte mal die Hunde ansehen? Ich glaube, die haben auch was abbekommen."

Dankbar lächelte Karin ihren Sohn an, der alles im Griff zu haben schien, streichelte dem Mädchen sanft über den Kopf und lief dann zu ihrem Pflegesohn, der gerade in den Krankenwagen geschoben wurde.

Als sich die Türen schlossen, konnte Patrick ein verzweifeltes „Timon" vernehmen und plötzlich wusste er, wer vorhin geschrien und ihn damit auf das Geschehen aufmerksam gemacht hatte. Verwundert schob er sie von sich und sah sie fragend an. Dabei bemerkte er, dass sie von oben bis unten blutverschmiert war. Alarmiert suchte er nach irgendeiner Verletzung. „Bist du in Ordnung oder hat dich das Vieh auch angegriffen?"

Brigitte blickte an sich hinab und schüttelte den Kopf. Sie zitterte noch immer am ganzen Körper und Patrick wickelte sie in die Decke, auf der eben noch Timons Kopf gebettet gewesen war. Während sich sein Vater um die verletzten Hunde kümmerte, hob er Brigitte hoch und brachte sie zum Haus zurück.

Widerstandslos ließ sie sich auf einen Hocker im Bad drücken, dann besorgte er ihr ein frisches Shirt, das sie anzog, während er sich galant abwendete. Anschließend nahm er sich einen feuchten Waschlappen, um ihr das Gesicht und die Hände zu reinigen, und brachte sie anschließend in ihr Bett.

Brigitte bekam das gar nicht richtig mit. Sie war mit ihren Gedanken bei Timon. Wie es ihm wohl inzwischen ging? Es sah so schlimm aus, wie er dort am Boden liegend blutete und sich nicht mehr rührte. Wieder liefen ihr die Tränen über die Wangen und Patrick nahm tröstend ihre Hand, die sich eiskalt anfühlte.

„Ich mache mir auch Sorgen um ihn. Aber Timo ist stark. Er wird es schaffen. Er hat schon viel Schlimmeres überstanden."

Brigitte blickte ihn an. Sie wusste, wovon er sprach. „Ich habe Angst", flüsterte sie mit rauer Stimme.

Patrick nahm sie tröstend in die Arme. „Ich auch, kleine Lady, ich auch."

Als einige Zeit später das Telefon klingelte, hielt Patrick sie immer noch in den Armen. Es klopfte wenig später, dann öffnete sich leise die Tür.

„Darf ich?", fragte Vater Wolfgang vorsichtig. Er hatte nicht vergessen, wie Brigitte das letzte Mal reagiert hatte, als er nachts in ihr Zimmer gegangen war. Brigitte richtete sich auf und nickte ihm zu.

„Deine Mutter hat gerade angerufen, Patrick. Timon ist außer Lebensgefahr. Es sah wohl schlimmer aus, als es ist. Nur einige Fleischwunden, die versorgt werden müssen. Sie sind zwar schmerzhaft und haben stark geblutet, werden aber bald wieder heilen: Mutter sagt, er mache schon wieder Witze, nachdem er ein Schmerzmittel und Infusionen bekommen hat." Patrick merkte, wie die Anspannung von Brigitte abfiel. „Ach und Brigitte... Er lässt dich ganz lieb grüßen." Mit einem Lächeln drehte er sich um.

„Und mich nicht?", rief ihm Patrick gespielt entrüstet nach, woraufhin ihm sein Vater einen vielsagenden Blick zuwarf.

„Tut mir leid, mein Lieber, aber du spielst wohl nur noch die zweite Geige", lachte er und verschwand wieder.

„Pff", schnaufte Patrick, „so was aber auch." Lächelnd zog Brigitte seinen Kopf näher und gab ihm einen Kuss auf die Wange. Erleichtert ließ sie sich in die Kissen fallen. Patrick fand, dass es an der Zeit war, sie alleine zu lassen.

„Ruh' dich jetzt aus und erhole dich von dem Schrecken. Morgen früh fahren wir ihn besuchen, okay?" Brigitte nickte dankbar. „Wenn etwas ist – du weiß ja, wo du mich findest." Wieder ein dankbares Nicken, dann schloss sie die Augen, während sich der Junge diskret entfernte.

Panisch blickte Brigitte auf Timons blutüberströmten Körper. Sie wollte ihm helfen, Hilfe holen und konnte sich doch nicht bewegen. Dann trat der Wolf erneut aus dem Unterholz und kam drohend auf sie zu. Bandit warf sich auf ihn und wurde zur Seite geschleudert, wo er bewegungslos liegenblieb. Ruby war nirgends zu sehen. Sie war nach dem ersten Angriff davongehumpelt. Dann kam sie plötzlich wieder angeschossen und versuchte ebenfalls, den Wolf zu vertreiben. Ein lautes Jaulen ertönte und auch der rotbraune Hütehund blieb auf dem Boden liegen. Brigitte wollte schreien, brachte aber keinen Ton heraus. Patrick stieß sie plötzlich hinter einen Holzstapel in Deckung. Sie hatte gar nicht bemerkt, wo er so schnell hergekommen war. Dann lief der Junge mit einem großen Ast auf das Tier zu. Brigitte hörte die Geräusche, die die Waffe auf dem Tier verursachte, sie hörte das Knurren und auch das schmerzliche Stöhnen, als der Wolf ihn erwischte.

Dann war es plötzlich still. Ängstlich lugte das Mädchen hinter ihrem Versteck hervor. Patrick lag ebenfalls blutend neben seinem Bruder am Boden. Der Wolf stand über den beiden jungen Männern und Brigitte starrte auf die Szene vor ihr. Dann hob das riesige Tier den Kopf und kam langsam auf sie zu. In panischer Angst lief sie los, rannte immer weiter, bis sie schließlich nicht mehr konnte und zusammenbrach. Drohend kam das Tier auf sie zu und fletschte die Zähne.

Schweißgebadet und vor Angst zitternd wachte

sie schließlich auf. Sie atmete schnell und hektisch und hatte Angst, die Augen wieder zuzumachen. Deshalb stand sie auf und schlich leise die Treppe hinauf. Sie wusste inzwischen, wo Timon und Patrick schliefen, war aber erst einmal hier oben gewesen. Kurz blieb sie stehen, um sich im Dunkeln zu orientieren. Dann klopfte sie leise an eine Tür. Erstaunt stellte sie fest, dass Patrick noch wach zu sein schien, denn es dauerte keine zehn Sekunden, bevor dieser leise die Tür öffnete. „Brigitte?", fragte er überrascht. Dann bemerkte er trotz der Dunkelheit, wie weiß sie im Gesicht war und zog sie ins Zimmer. „Ist etwas passiert?"

„Der Wolf", krächzte sie leise. Immer noch klang ihre Stimme rau und fremd – eine Folge der jahrelangen Vernachlässigung. „Er will mich holen."

„Der Wolf? – War es ein Wolf, der Timon angegriffen hat?"

Brigitte nickte. Sie zitterte noch immer.

„Komm'! Ich werde nicht zulassen, dass er dir etwas tut." Mit sanfter Gewalt zog er sie zu seiner Couch und drückte sie ebenso sanft in die Kissen. Dann breitete er eine Decke über sie aus und setzte sich anschließend an ihr Kopfende. Sanft bettete er ihren Kopf in seinen Schoß und streichelte beruhigend ihre weichen Locken. Das Bett wäre zwar bequemer gewesen, aber angesichts ihrer Vergangenheit sah er dies als äußerst unpassend an.

Brigitte schloss die Augen und als er merkte, wie sich ihr Körper entspannte und ihre Atmung langsamer wurde, betrachtete er gedankenverloren ihr Gesicht. Schließlich lehnte er den Kopf auf die Lehne und schloss ebenfalls die Augen, während seine Hand nach wie vor auf ihrem Kopf ruhte.

Den Rest der Nacht schliefen beide tief und fest und Brigitte sprang am nächsten Tag erholt auf, während Patrick erst einmal seine steifen Glieder streckte.

„Ich werde alt", stellte er fest und grinste Brigitte an, die ihn entschuldigend anblickte. „Schon okay, kleine Lady. Aber jetzt zieh' dich um, damit wir ins Krankenhaus kommen."

Das ließ sich das Mädchen nicht zweimal sagen. Leichtfüßig lief sie die Treppe hinunter, wusch sich und zog sich um. Karin schlief noch, da sie erst gegen Morgen nach Hause gekommen war. Wolfgang war bereits bei den Tieren und hatte auf dem Küchentisch eine entsprechende Notiz hinterlassen.

Ungeduldig wartete Brigitte auf Patrick. Während dieser schließlich die Treppe hinunter kam, lächelte er amüsiert, als er sah, wie das Mädchen unruhig von einem Bein auf das andere trat.

„Ich bringe dich ja gleich zu ihm", lachte er und griff nach einer Banane. „Da ich dich wohl nicht zu einem Frühstück überreden kann, nimm wenigstens die hier." Er warf die Frucht über den Küchentisch, griff sich selber eine Banane und folgte Brigitte dann zu dem alten Wagen.

Als sie wenig später das Krankenhaus erreichten und sich zu Timons Station durchgefragt hatten, kam ihnen dieser bereits auf dem Gang entgegen, auf dem er einen kleinen Spaziergang machte.

„Timon!", rief Brigitte erfreut, dann stürzte sie ihm in die Arme. Timon hielt sie fest, während er seinen Bruder überrascht musterte. Seine Frage blieb jedoch unausgesprochen. Erst in seinem Zimmer ließ Timon das Mädchen los und hielt sie auf Armeslänge Abstand, um ihr ins Gesicht sehen zu können. „Und ich dachte schon, ich hätte Halluzinationen gestern Abend. Ich dachte, ich träume."

„Das ging mir genauso", stimmte ihm sein Bruder zu. „Aber es ist wahr!"

„Sagst du es nochmal?", bat Timon daraufhin, aber anstatt ihm diesen Gefallen zu tun, zog sie ihn an sich und gab ihm einen zärtlichen Kuss.

Patrick räusperte sich vernehmlich: „Ich besorge mir mal ein Frühstück. Die junge Dame hat mir nämlich heute Morgen keins gegönnt, weil sie unbedingt hierher wollte. Ihr kommt ja auch ohne mich klar. Wir sehen uns später." Und mit einem Grinsen im Gesicht zog er sich zurück und schloss leise die Tür.

„Ich hatte solche Angst um dich", sagte Brigitte leise, als sie sich aus dem Kuss lösten.

„Es ist also wirklich wahr! Du redest wieder." Brigitte nickte und Timon strahlte über das ganze Gesicht. „Da haben sich die Löcher ja wenigstens gelohnt", grinste er.

Brigitte wollte ihm einen freundschaftlichen Knuff verpassen, verfehlte aber ihr Ziel und erwischte versehentlich eine seiner Verletzungen. Timon verzog vor Schmerzen das Gesicht und sog die Luft durch die Zähne.

Erschrocken sprang Brigitte auf. „Das wollte ich nicht!"

„Schon okay", japste Timon und zog sie wieder auf die Bettkannte. „Ist gleich wieder vorbei."

Entschuldigend wischte sie ihm die Tränen aus den Augen, die vor Schmerzen in ihnen aufgestiegen waren. Dann betrachtete er Brigitte genau. „Ist dir eigentlich etwas passiert? Geht es dir gut?" Das Mädchen nickte. „Wie geht es den Hunden?"

„Besser als dir. Dein Vater kümmert sich um sie." Brigitte sprach langsam und stockend, aber Timon konnte sich im Moment nichts Schöneres vorstellen, als ihre Stimme zu hören.

DER WILDE HENGST

Nachdem Patrick wenig später zurückkam, entfernte sich Brigitte kurz, um eine Besucher-Toilette zu suchen, während Patrick sich seinem Bruder zuwandte: „Na wie geht's, Kumpel?"

„Besser, danke. Du Patrick, ist sie wirklich in Ordnung?"

Dieser folgte dem Blick seines Bruders zur Tür. „Ich denke schon. Sie war ziemlich fertig gestern Abend und hatte große Angst um dich und vor dem Tier. Sag' mal, war es wirklich ein Wolf, der dich angegriffen hat?"

Timon überlegte: „Wohl eher ein Wolfshybride, würde ich sagen, sonst hätten wir es wohl mit mehreren Tieren zu tun gehabt. Wölfe jagen im Rudel."

Patrick nickte. „Ich werde die Behörden informieren." Nach einer Pause lächelte er plötzlich: „Aber immerhin habe ich dir nun etwas voraus: ich durfte nämlich die letzte Nacht mit ihr verbringen." Als sich das Gesicht seines Bruders daraufhin verfinsterte, lachte er laut auf: „Keine Angst, ich würde mich doch niemals an deiner Freundin vergreifen! Du willst mir doch wohl nicht immer noch weiß machen, dass da nichts läuft zwischen euch, oder?" Timons Gesicht blieb fest, doch als Patrick ihm von der letzten Nacht berichtete, glätteten sich seine Züge. „Danke", sagte er einfach, aber Patrick hörte, dass es aus tiefstem Herzen kam.

„Sagst du mir jetzt, was zwischen euch läuft?", versuchte es der Junge noch einmal.

Sein Bruder überlegte kurz und Patrick dachte schon, dass er wieder nicht antworten würde, als Timon plötzlich sagte: „Ich glaube, ich hab' mich in sie verliebt."

„Na, dann solltest du ihr das vielleicht mal sagen", grinste Patrick und als in diesem Moment die Tür aufging und Brigitte eintrat, fügte er frech hinzu: „Oder soll ich das für dich tun?"

„Untersteh' dich!" Timon gab ihm einen Hieb in die Seite und Brigitte blickte verwirrt von einem zum Anderen. „Männersache", grinste er verlegen und wechselte schnell das Thema: „Die Ärzte sagen, dass ich morgen nach Hause darf, wenn ich mich schone."

„Na, ich bin mir sicher, dass unsere kleine Lady schon dafür sorgen wird, dass es dir an nichts fehlt", stellte Patrick mit ernster Miene fest, aber das Lächeln in seinen Augen war nicht zu übersehen.

Bald darauf verabschiedeten sich die beiden, damit Timon sich ausruhen konnte und fuhren zurück zum Hof. Den Eltern gegenüber blieb das Mädchen weiterhin stumm und Patrick hielt es zum jetzigen Zeitpunkt noch nicht für notwendig, sie über ihren kleinen Erfolg zu informieren. Brigitte sollte ihr eigenes Tempo bestimmen dürfen. Wenn

114

sie soweit war, würden sie es den Eltern schon sagen.

Am Nachmittag arbeitete Patrick mit Stella auf dem Reitplatz, während Brigitte sich wieder einmal mit einem Buch an ihren Lieblingsplatz verzogen hatte. Die Sandbachs waren in die Stadt gefahren, um ein paar Besorgungen zu machen und auf dem Rückweg im Krankenhaus vorbeizuschauen.

Wie schon so oft, kam Calisto, der wilde, schwarze Hengst, an den Zaun getrabt, während sie las, und beobachtete sie neugierig. Aber zum ersten Mal ergriff er nicht gleich die Flucht, als sie den Kopf hob. Langsam legte sie das Buch zur Seite und erhob sich ebenso vorsichtig. Noch immer blieb das Pferd stehen und beobachtete sie genau.

Überrascht ging Brigitte noch einen Schritt weiter. Dann zog sie eine Karotte aus der Tasche und brach ein Stück davon ab. Beim Knacken der Möhre zuckte Calisto kurz zusammen und ging einen Schritt rückwärts, aber dann siegte doch seine Neugierde und erwartungsvoll blickte er sie an. Langsam ging Brigitte weiter, bis sie ihn mit der Hand erreichen konnte. Ganz sanft nahmen die Lippen die Karotte in Empfang und zerkauten sie genüsslich. Auch der Rest des Leckerlis fand seinen Weg zwischen die starken Kiefer und während er noch genüsslich darauf herumkaute, hob Brigitte die Hand und streichelte den glänzenden Hals. Fordernd stupste sie die weiche Nase an und Brigitte lächelte glücklich.

„Willst du mehr?", fragte sie lachend und das Schnauben klang in ihren Ohren wie ein *Ja*. Schnell lief sie in den Stall und griff in die Kiste mit Möhren. Als sie zurückkam, lief ihr das große Tier schon entgegen und streckte gierig seine Nase über den Zaun.

„Langsam, mein Freund", lachte sie, während sie erneut eine Möhre zerbrach. Nachdem er auch diese sanft aus ihrer Hand genommen hatte, bückte sich Brigitte unter dem Zaun hindurch und trat neben das mächtige Tier. Sein Rücken war höher, als sie groß war; dennoch verspürte sie keinerlei Angst.

Zärtlich streichelte sie den Hals und die weichen Nüstern. Dann ging sie ein paar Schritte und Calisto folgte ihr wie ein Hündchen. Zur Belohnung bekam er wieder ein Stück Möhre. *‚Ist das das Pferd, das angeblich so gefährlich ist?'*, schoss es Brigitte durch den Kopf. Ungläubig schüttelte sie ihre rotbraune Mähne und als Calisto daraufhin ebenfalls seine Mähne schüttelte, lachte sie laut auf.

Patrick, der gerade mit seiner Trainingseinheit fertig geworden war und in diesem Moment um die Ecke kam, glaubte seinen Augen nicht zu trauen. Der riesige Hengst trottete hinter dem eher kleinen Mädchen her, ließ sich von ihr streicheln und mit Möhren füttern. Gebannt verfolgte er die Szene und konnte kaum glauben, was er da sah. Bisher war er immer der Einzige gewesen, der mit dem Hengst mehr schlecht als recht zurechtkam, aber ihm gegenüber war das Tier noch nie so zutraulich gewesen. Stolz lehnte er sich an die Stallwand und ließ seinen Blick über die Koppel wandern. Dann stutzte er, als er am anderen Ende einen Schatten wahrnahm, der sich langsam näherte. Es dauerte eine Weile, bis er ihn erkannte und die Angst schnürte ihm für Sekunden die Kehle zu. „Brigitte! Vorsicht!", schrie er endlich und als sich Brigitte nach ihm umdrehen wollte, fiel ihr Blick ebenfalls auf den Wolf, der nur noch zwanzig Meter entfernt war. Bevor Patrick oder Brigitte jedoch reagieren konnten, warf sich Calisto mit der Schulter gegen sie, sodass sie den Halt verlor und stürzte.

Dann stieg das gewaltige Tier auf die Hinterläufe und Brigitte dachte schon, ihr letztes Stündlein hätte geschlagen. Aber Calistos Aggressivität ging nicht gegen sie, sondern den Wolf. Schützend stellte er sich zwischen ihn und das Mädchen und als der Wolf zum Sprung ansetzte, sausten die Hufe mit einer solchen Kraft auf den Schädel des Tieres, dass der Schlag bestimmt kilometerweit zu hören war. Der Wolf sackte zusammen und rührte sich nicht mehr. Calisto schnaubte wütend, dann beruhigte er sich wieder, senkte den Kopf und schnappte sich die restlichen Karotten, die Brigitte bei ihrem Sturz verloren hatte.

Endlich erwachte auch Patrick aus seiner Starre, kletterte in die Koppel und zog Brigitte aus dem Dreck. „So etwas habe ich noch nie gesehen", sagte er fassungslos. „Bist du okay?"

Brigitte nickte nur, zu mehr war sie nicht fähig.

Dann trat sie auf das Pferd zu und umarmte es: „Danke, mein Freund."

Calisto schien das nicht weiter zu kümmern. Gelassen drehte er sich um und trabte ans Ende der Koppel, wo er seinen Kopf senkte und anfing zu grasen.

„Wer ist das und was zum Teufel hast du mit meinem Pferd angestellt?" fragte Patrick und konnte immer noch nicht glauben, was gerade passiert war. Brigitte zuckte die Schultern und sah ängstlich zu dem am Boden liegenden Körper. Timon hatte Recht behalten, es war wirklich ein Wolfshybride.

In diesem Moment erreichte auch Wolfgang die Koppel und starrte auf das gewaltige Tier am Boden. Patricks Schrei hatte ihn aufgeschreckt, als er gerade auf den Hof gefahren war, aber alles ging so schnell, dass er erst eintraf, als es schon vorbei war. „Seid ihr okay?" Patrick nickte. Wolfgangs Blick wanderte auf den zertrümmerten Schädel des Tieres. „Und wie habt ihr…?"

Patrick unterbrach ihn und nickte zu seinem Pferd hinüber. „Nicht wir. Calisto hat das gemacht."

Ungläubig starrte Wolfgang von seinem Sohn zu dessen Pferd und wieder zurück zu dem Kadaver. „Ist er tot?", fragte er dann und stieß das Tier mit dem Fuß an.

Patrick nickte: „Wo Calisto hinhaut, wächst kein Gras mehr", grinste er.

Während die beiden Männer das tote Tier aus der Koppel wuchteten, ging Brigitte in den Stall und holte noch einige Karotten für Calisto. Das hatte er sich wirklich verdient.

Timon glaubte, sein Bruder würde ihn auf den Arm nehmen, als ihm dieser am nächsten Tag von ihrem Abenteuer erzählte. Gegen Mittag hatten ihn die Eltern aus dem Krankenhaus abgeholt und nun lag er auf einer Liege in der Sonne und genoss es, dass er von allen betüddelt wurde.

„Ich muss jetzt leider an die Arbeit. Calisto wartet auf sein Training. Magst du mir helfen, kleine Lady?" Brigitte nickte.

„Und was kann ich machen?", fragte Timon entrüstet.

„Du darfst dich ausruhen, mein Lieber", grinste Patrick.

„Aber wenigstens zuschauen darf ich doch wohl?"

„Na meinetwegen", stimmte Patrick schließlich zu. „Aber halte dich zurück, du weißt, wie der Dicke ist."

„Schon klar", stöhnte Timon und ging langsam zu der Bank neben dem Reitplatz, während Brigitte und Patrick zur Koppel gingen.

Dort angekommen, drückte Patrick ihr Calistos Halfter in die Hand: „Dann zeig' mal, was du kannst, kleine Lady."

Furchtlos betrat Brigitte die Koppel, ging auf Calisto zu, streifte ihm das Halfter über und gab ihm ein Stück Karotte. Wie selbstverständlich führte sie ihn danach zum Gatter, während Patrick sie beobachtete.

„Was für ein Teufelsweib", dachte er laut. Noch nie ließ sich der Hengst so leicht putzen und aufsatteln, wie an diesem Tag. Während Patrick das Pferd zur Reitbahn führte, brachte Brigitte die Putzutensilien zurück in die Sattelkammer.

Patrick betrat die Reitbahn und fing an, den Hengst aufzuwärmen. Immer, wenn sie in der Nähe von Timon vorbeikamen, fing der Hengst an zu tänzeln und Patrick wollte Timon gerade bitten, doch lieber woanders hinzugehen, als Brigitte auftauchte und sich neben ihn setzte. Sofort wurde der Hengst ruhiger. Nach einigen Runden kam er auf die beiden zugeritten.

„Brigitte, tust du mir einen Gefallen?" Fragend blickte sie zu ihm auf. „Ich möchte gern etwas testen. Kannst du dich hinter dem Haus verstecken, sodass Calisto dich nicht sieht und dort warten, bis wir dich rufen?" Verständnislos blickte sie ihn an, folgte aber seiner Aufforderung. „Mutti! Papa! Kommt ihr bitte mal?", rief er nun in Richtung Haus und Timon fing an zu begreifen. Auch er hatte die Veränderung bemerkt, die mit dem Hengst vorgegangen war, als sich Brigitte neben ihn gesetzt hatte.

„Was ist denn, Großer?", fragte Wolfgang, als er mit seiner Frau auf den Reitplatz zukam.

„Ich brauche eure Hilfe. Könnt ihr euch bitte mal um den Reitplatz verteilen?"

„Natürlich. Aber was soll das bringen?"

„Das werdet ihr dann schon sehen", sagte Patrick geheimnisvoll und fing an, Calisto auf dem Hufschlag entlanglaufen zu lassen. Immer, wenn sie in die Nähe eines Familienmitgliedes kamen, tänzelte der Hengst nervös und Patrick hatte Mühe, ihn zu halten. Besorgt beobachtete Mutter Karin ihren Sohn. Sie hatten in den letzten Tagen weiß Gott genug Aufregung. Auf weitere Unfälle konnte sie gerne verzichten.

Dann nickte Patrick seinem Bruder zu, der leise nach Brigitte rief und selbst die Eltern bemerkten sofort die Veränderung, die mit dem Hengst vorging, sobald das Mädchen die Bildfläche betrat.

„Unglaublich!", entfuhr es Wolfgang.

Gebannt verfolgte er, wie sich Brigitte an den Zaun stellte und Patrick nun sein komplettes Dressurprogramm durchzog. Sein Sohn hatte nicht übertrieben: der Hengst war ein Naturtalent. Beim Abendessen waren alle noch überwältigt von dem Erfolg, den Brigitte verursacht hatte.

„Wenn du es jetzt noch schaffst, ihn in den Hänger zu bekommen, könnten wir tatsächlich versuchen, ihn für das Sommerturnier zu melden. Natürlich nur, wenn du mir hilfst und mitkommst", stellte Patrick schließlich fest und Brigitte nahm sich vor, es gleich am nächsten Morgen zu versuchen.

Schon kurz nach dem Frühstück bat sie Patrick, ihr den Anhänger vorzufahren, damit sie ihren Vorsatz ausführen konnte. Timon wollte ihr helfen, wurde aber von dem Mädchen sanft in seinen Stuhl zurückgedrückt. „Erst, wenn du wieder fit bist", sagte sie streng und Timon ergab sich nur widerwillig in sein Schicksal. Als der Pferdeanhänger sicher stand, entfernte sich Patrick, während Brigitte Calisto von der Koppel holte.

Jetzt kamen ihr die Bücher über Pferdeverhalten zu Gute, die ihr Patrick vor Monaten zum Lesen gegeben hatte. Während sie leise mit dem Hengst redete, ging sie auf dem Hof auf und ab und verringerte immer mehr den Abstand zum Anhänger. Als sie schließlich nur noch einen Meter von ihm entfernt waren, blieb sie stehen und streichelte den Hals des Tieres. Sie ließ ihn das Fahrzeug beschnuppern und gab ihm ein Stück seines Lieblings-Leckerlis.

Dann ließ sie plötzlich den Führstrick fallen und die beiden Jungen fragten sich, was sie da eigentlich tat. Aber ihr Vorgehen war wohl geplant. Sie hatte den Strick vorher zusammengebunden, sodass Calisto nicht darüber stolpern konnte; er hing lediglich einen halben Meter von seinem Halfter, was bei seiner Größe völlig ungefährlich war.

Gebannt verfolgten die Brüder, wie sie sich nun abwandte und sich einige Schritte entfernte. Wie erwartet trottete der Hengst hinter ihr her und bekam zur Belohnung erneut eine Karotte. Danach lief sie erneut um das Fahrzeug herum und ging anschließend schnurstracks die Rampe hinauf in den Hänger. Calisto zögerte nur kurz, als seine Hufe die

Rampe berührten, aber ein aufforderndes Wort seiner Freundin ließ ihn schließlich in das Fahrzeug treten.

Brigitte streichelte ihn als Belohnung und gab ihm erneut ein Leckerli, bevor sie ihn wieder aus dem Anhänger schob. Patrick atmete hörbar aus, er hatte gar nicht gemerkt, wie er die Luft angehalten hatte. Auch Timon war erleichtert und sah so stolz aus, als wenn er selbst das Wunder vollbracht hätte.

„Es sieht so aus, als hätten wir eine kleine Pferdeflüsterin in der Familie", stellte Patrick fest, nicht weniger stolz, als sein Bruder. Timon nickte nur und beobachtete gebannt, wie Brigitte die Übung noch einige Male wiederholte, bis Calisto ihr schließlich ohne zu zögern in den Anhänger folgte. Dann brach sie ab und brachte den Hengst zurück auf die Koppel.

„Du bist echt unglaublich", empfing sie Timon, während Patrick den Anhänger zurück in die Garage brachte. Als dieser zurückkam, hob er sie hoch und wirbelte sie herum.

„Weißt du eigentlich, was das bedeutet?", fragte er strahlend, „Ich kann Calisto für den Wettkampf anmelden! Mit deiner Hilfe haben wir eine Chance. Wer hätte gedacht, dass sich hinter dieser unschuldigen Fassade ein Teufelsweib verbirgt?" Er gab ihr einen Kuss auf die Stirn. „Danke, Kleines."

Dann machte er sich auf den Weg ins Haus, um mit seinen Eltern wegen der Einschreibung zu reden. Bis zum Turnier blieben nur noch wenige Tage, die

Patrick und Brigitte damit verbrachten, mit dem Hengst zu üben. Timon fungierte als Trainer und korrigierte seinen Bruder, wenn notwendig. Alle drei hatten ein gutes Gefühl, als das Turnier näher rückte. Am großen Tag verlud Brigitte den Hengst Calisto und die Stute Stella in den Pferdeanhänger, während sich die Jungen um Sättel und Zaumzeuge kümmerten. Timon war bereits recht fit und konnte auch wieder richtig mit anpacken.

Schon früh am Morgen machten sie sich mit dem Familien-Kombi auf den Weg, da dieser über eine Anhängerkupplung verfügte. Wolfgang und Karin wollten etwas später mit dem Auto der Jungs nachkommen, um bei dem Wettkampf zuzuschauen.

Als die Wettbewerbe begannen, half Timon Patrick mit Stella, die als erste von den beiden Pferden starten würde, während Brigitte mit Calisto auf einer abgelegenen Weide wartete, da der Hengst erst bei einem späteren Wettkampf starten würde. Später half ihr Timon, den Hengst zu putzen und aufzuzäumen, was sich das Tier in Gegenwart des Mädchens auch gefallen ließ, während Patrick seine Stute versorgte, mit der er auf einem soliden dritten Platz gelandet war. Als Brigitte mit dem riesigen Tier in Richtung Abreitplatz lief, traten die Menschen respektvoll zur Seite. Brigitte war froh darüber, denn sollte Calisto plötzlich ausrasten, würde sie ihn wohl kaum noch halten können.

Auf dem Abreitplatz hob Timon sie in den Sattel, da Calisto viel zu groß für sie war, um alleine hinaufzukommen. Es sah schon ein wenig grotesk aus, wie das doch recht kleine Mädchen auf dem Hünen von Pferd thronte, doch als sie anfing, ihn warm zu reiten, waren alle erstaunt, wie leicht sie das Tier unter Kontrolle hatte. Als es schließlich Zeit wurde, führte Timon den Hengst mit Brigitte im Sattel zum Turnierplatz und Patrick und das Mädchen tauschten die Plätze.

„Du weißt Bescheid?", fragte Patrick doch etwas nervös, als sie ihm die Zügel reichte. Brigitte nickte und als er aufgerufen wurde, lief sie bis zum Eingang neben dem Hengst her. Nachdem sie dort stehenblieb, blickte das Tier sie fragend an, ließ sich dann jedoch anstandslos in den Reitplatz dirigieren.

Brigitte und Timon stellten sich so, dass der Hengst das Mädchen sehen konnte, und nachdem Patrick die Richter gegrüßt hatte, begann er mit seinem Programm. Stille senkte sich über den Platz, als die Kür anfing. Der Hengst glitzerte blauschwarz in der Sonne und Brigitte kam nicht umhin, Patrick einen bewundernden Blick zuzuwerfen. Er sah einfach umwerfend aus in seinen Turnierklamotten und mit diesem Pferd. Beide groß und drahtig – alles passte zusammen.

Timon fieberte mit seinem Bruder, flüsterte die nächsten Figuren, als wollte er ihm helfen, obwohl ihn dieser natürlich gar nicht hören konnte. Aber sein Bruder hatte seine Hilfe auch gar nicht nötig. Konzentriert ritt er Figur nach Figur und als er schließlich am Ende seinen Gruß wiederholte, brach

Tumult los.

Mit einem breiten Lächeln im Gesicht ritt er aus dem Platz. An der Tür sprang er aus dem Sattel und umarmte erst das Pferd, dann Brigitte und schließlich seinen Bruder. Glücklich hob er Brigitte in den Sattel und führte das Tier zurück zum Anhänger. Das Mädchen spürte die bewundernden Blicke der Umstehenden und fühlte sich in diesem Moment wie eine Prinzessin. Am Fahrzeug wurden sie bereits von Patricks Eltern erwartet, die natürlich auch zugeschaut hatten und ihren Sohn beglückwünschen wollten.

„Das habe ich nur unserer kleinen Pferdeflüsterin zu verdanken", winkte er ab und hob das Mädchen von dem Pferd herunter.

Karin schloss ihre Pflegetochter in die Arme. „Ich hab' dich so lieb, Brigitte", sagte sie mit tiefer Überzeugung und Brigitte erwiderte ihre Umarmung. „Ich dich auch."

Erschrocken ließ Karin das Mädchen los, während Wolfgang sie nur entgeistert anstarrte. Ihre Söhne blickten von einem zum anderen, warfen sich dann gegenseitig einen Blick zu und fingen endlich lautstark an zu lachen. Calisto machte einen erschrockenen Satz und Brigitte beeilte sich, ihn zu beruhigen, bevor Patrick zur Siegerehrung musste, um seinen Sieg abzuholen.

STARKE GEFÜHLE

Gut gelaunt fuhren sie am Ende des Turniers nach Hause. Mit einem ersten und einem dritten Platz konnte Patrick durchaus zufrieden sein. Nach dem Abendessen saß die Familie noch eine ganze Weile zusammen und lauschte den sanften Klängen einiger langsamer Lieder, die Timon für sie auf der Gitarre angestimmt hatte.

Patrick forderte Brigitte wieder einmal zum Tanz auf und während das Mädchen sich von ihm führen ließ, blickte sie immer wieder verstohlen zu dem Sänger hinüber. Gegen zehn Uhr gingen ihre Eltern schließlich ins Haus, während die drei jungen Menschen sich noch ein wenig zusammensetzten und gemeinsam ein paar Lieder sangen. Patricks und Brigittes Stimmen konnten zwar nicht mit Timon mithalten, aber zusammen zu singen machte dennoch allen Spaß. Einige Zeit später verabschiedete sich auch Patrick, um in sein Zimmer zu gehen. Timon legte schließlich seine Gitarre zur Seite, nahm Brigittes Hand und zog sie sanft hinter sich her. Hand in Hand gingen sie im Mondschein spazieren, bis er sie schließlich auf eine Bank zog.

„Weißt du eigentlich, wie unglaublich du bist? Du hast heute ein kleines Wunder vollbracht. Patrick wird dir für immer dankbar sein." Brigitte errötete und senkte den Blick. Sanft zwang er sie, ihn anzusehen. „Du brauchst dich nicht zu verstecken, Gitte", sagte er sanft. „Du bist wunderschön, intelligent, sanft und eine wundervolle Reiterin. Ich möchte dir so gerne helfen, dass du wieder glücklich wirst."

„Aber ich bin doch glücklich", widersprach Brigitte erstaunt.

„Tagsüber vielleicht", sagte Timon leise, „aber was ist mit nachts?" Brigitte zuckte zusammen und Timon ergriff ihre Hand. „Ich weiß, dass du nach wie vor Albträume hast. Du kämpfst gegen ein Phantom, aber es lässt sich nicht vertreiben."

Das Mädchen drehte sich beschämt weg. Ihr war nicht klar gewesen, dass sie in ihren Träumen so laut war, dass die anderen Familienmitglieder es mitbekamen. Erneut zwang Timon sie, ihn anzusehen. „Ich möchte dir helfen, Gitte. Magst du mir nicht erzählen, was genau in deiner letzten Pflegefamilie passiert ist?"

Entsetzt schüttelte Brigitte den Kopf, stand auf und drehte ihm den Rücken zu. Starr blickte sie auf die Schafherde. Timon stand leise auf und trat auf sie zu. „Ich kann nicht länger ertragen, dass du dich so quälst, Gitte. Verdammt, ich liebe dich doch!" Sanft drehte er sie um und sein anschließender Kuss ließ Brigittes Knie weich werden. Zitternd klammerte sie sich an ihm fest, während sie seinen Kuss erwiderte. Timon merkte, wie ihn die Erregung ergriff und schob sie sanft von sich weg, um sich nicht in seinen Gefühlen zu ihr zu verlieren. Dann zog er sie zurück auf die Bank. „Bitte", sagte er flehend.

„Ich... ich weiß nicht... wie ich anfangen soll", sagte sie schließlich stockend.

„Am besten vorne", sagte er leise und ergriff ihre Hand, die er sanft streichelte. Nach einer langen Pause fing sie leise an zu sprechen. Stockend berichtete sie ihm von ihrem Pflegevater und wie er sie monatelang missbraucht hatte. Und schließlich erzählte sie ihm von ihrer letzten grauenvollen Nacht im Hause ihres Peinigers und auch von dem Kind, das sie dabei verloren hatte. Brigitte weinte leise, während sie sprach und auch Timon konnte seine Tränen schon lange nicht mehr zurückhalten.

Er musste an die sexuellen Übergriffe seines Stiefvaters denken, stellte jedoch fest, dass diese fast harmlos erschienen, wenn er sie mit den Erlebnissen des Mädchens verglich. Er war zwar mehrfach angefasst, jedoch nie vergewaltigt worden und er konnte sich nur schwer vorstellen, wie es für Brigitte gewesen sein musste, immer wieder von ihrem Pflegevater missbraucht und sogar geschwängert zu werden.

Bisher war Timon von einer einzigen Vergewaltigung ausgegangen, aber für das, was Brigitte ihm da erzählte, fiel ihm keine Bezeichnung ein. Der Mann musste ein Monster gewesen sein. Wie sollte sie diese Erlebnisse jemals verkraften und ein normales Leben führen?

Schweigend schloss er sie in die Arme und

gemeinsam weinten sie den ganzen Schmerz heraus, der sie beide ergriffen hatte. Wie unbedeutend kamen ihm in diesem Moment seine eigene Vergangenheit und seine eigenen Schmerzen vor.

Es dauerte lange, bis ihre Tränen versiegt waren. „Ich würde dir so gerne helfen", sagte Timon verzweifelt und blickte sie traurig an.

Brigitte nahm sein Gesicht in ihre Hand und gab ihm einen zärtlichen Kuss. „Zeig' mir, dass es auch schön sein kann", flüsterte sie kaum hörbar und Timon glaubte zu träumen, als sie ihm mit tränenverschmierten Augen, aber lächelnd ins Gesicht blickte.

„Aber ich kann doch nicht...", fing er an, doch sie unterbrach ihn, indem sie ihm den Finger auf den Mund legte.

„Doch, du kannst. Wenn es jemanden gibt, der es kann, dann bist du das", sagte sie mit einer Überzeugung in der Stimme, die der junge Mann noch nicht so ganz teilen konnte und sie daraufhin minutenlang ungläubig anstarrte.

Schließlich stand Timon auf, zog sie mit sich hoch und gab ihr einen leidenschaftlichen Kuss, den sie ebenso erwiderte. Noch während sie sich küssten, hob er sie hoch und trug sie zum nahegelegenen Stall. Dort ließ er sie sanft in einer leeren Box ins Stroh nieder. „Bist du dir ganz sicher?"

Als Antwort zog sie ihn zu sich herunter. „Ganz sicher."

Zärtlich streichelte er ihr Gesicht, während ihre

130

Küsse immer fordernder wurden. Mit vor Aufregung zitternden Fingern öffnete er ihre Bluse und ließ die beiden Hälften an ihren Seiten ins Stroh fallen. Neugierig erkundete er ihren Körper, streichelte ihre Brüste, die sich noch unter dem Büstenhalter verbargen. Schließlich öffnete er den Frontverschluss ihres BHs und ließ diesen ebenfalls zu den Seiten fallen. Stumm betrachtete er die sanften Hügel, die sich ihm entgegenstreckten und mit einer Sanftheit, die man seinen starken Armen kaum zugetraut hätte, fing er an, mit ihnen zu spielen. Deutlich spürte er, wie sich die Brustwarzen verhärteten, während er ihre Brüste sanft knetete und sie mit Küssen übersäte.

Brigitte hatte die Augen geschlossen, genoss sichtlich seine Berührungen, die sanft und angenehm waren. Langsam öffnete Brigitte sein Hemd und ließ es über seine Arme gleiten. Ebenso zärtlich wie er strich sie über die Muskeln, die seinen Oberkörper schmückten. Dann suchten ihre Hände die Narben, die das Messer seines Stiefvaters und die Zähne des Wolfshybriden hinterlassen hatten. Sanft erkundeten ihre Finger jede einzelne davon. Timon hatte sich zur Seite gelegt, sodass er vor ihr im Stroh lag, während ihre Hände seinen Körper entlang fuhren. Noch immer hatte sie die offene Bluse um die Schultern, die er nun sanft von ihren Armen streifte.

Als er ihr über den Rücken streichen wollte, spürte sie deutlich, wie er zusammenzuckte. Fragend blickte er sie an: „Was…?"

„Später", hauchte sie und verschloss seine Lippen mit einem Kuss. Erneut strich er über ihren Rücken und spürte deutlich die vernarbte Haut, von der er bisher keine Ahnung gehabt hatte. Es stieß ihn keineswegs ab; er war nur nicht darauf vorbereitet gewesen. Als seine Hand sich nun an ihrem Hosenbund zu schaffen machte, fragte er sich immer noch, ob es richtig war, was er hier tat. Aber es fühlte sich alles so richtig an!

Langsam streifte er ihr die Shorts über die Hüften und zog ihren Leib zu sich heran. Deutlich spürte er das Verlangen in seinem Körper, als er ihre warme Haut an seiner Brust spürte. Mit Brigitte in den Armen drehte er sich im Stroh, sodass sie unter ihm zu liegen kam und mit zitternden Fingern zog er ihr nun auch den Slip über die Hüften und liebkoste anschließend ihre nun vollkommen nackte Gestalt.

Unter seinen Küssen fing ihr Leib an zu vibrieren und mit zitternden Bewegungen öffnete sie nun auch ihm die Hose und schob sie zusammen mit seinem Slip nach unten. Er hatte das Gefühl zu explodieren, als sie ihn dort berührte, wo eben noch die Hose seine Erregung verborgen hatte. Sanft fing er an, ihre Schenkel zu streicheln, dann wanderten seine Finger weiter und erkundeten noch den letzten Winkel ihre Körpers. Als seine Finger tiefer drangen, öffneten sich ihre Beine ein wenig und schließlich fing sie an, sich unter seinen Berührungen zu winden. Sie stöhnte auf und ihre Beine öffneten sich noch etwas weiter, um ihn zu empfangen und Timon gab schließlich ihrer stummen Bitte nach.

So vorsichtig wie möglich drang er in sie ein und bewegte seine Hüften rhythmisch vor und zurück. Als sie sich aufbäumte, wurden seine Bewegungen heftiger, fordernder und er spürte, dass auch sie noch nicht genug hatte. Eng aneinander geschmiegt drehte er sich erneut im Stroh, sodass er wieder auf dem Boden lag. Brigitte richtete sich in eine sitzende Stellung auf, ließ ihr Becken immer wieder tief auf seines sinken, während er mit den Händen ihre Brüste bearbeitete. Brigitte hatte die Augen geschlossen und als sie schließlich gemeinsam ihren Höhepunkt erlebten, warf sie ihren Kopf in den Nacken und stöhnte leise auf. Erschöpft ließ sie sich in Timons Arme sinken, dem plötzlich die ganze Tragweite seines Handelns bewusst wurde. Was hatte er nur getan? Verdammt! Er hatte nicht einmal ein Kondom benutzt. Was, wenn jetzt etwas passiert war? Doch dann mahnte er sich zur Ruhe. Auch das würden sie meistern. Solange sie bei ihm war, würden sie alles schaffen.

Brigitte bemerkte seinen inneren Kampf und richtete sich auf. „Was hast du?", fragte sie sanft.

„Es tut mir leid, ich hätte nicht…", fing er an zu stottern.

Sie lächelte ihn an und gab ihm einen Kuss. „Es ist alles okay. Du hast absolut nichts falsch gemacht", sagte sie sanft und flüsternd fügte sie hinzu: „im Gegenteil." Brigitte ließ sich zurück in seine Arme sinken und für ein paar Minuten herrschte tiefes Schweigen.

„Und wenn etwas passiert ist?", sprach Timon schließlich seine Befürchtungen aus.

„Dann werde ich in etwa neun Monaten ein wunderschönes Baby haben – von dem Mann, den ich über alles liebe", grinste sie ihn an, doch dann wurde sie wieder ernst: „Aber falls es dich beruhigt: das wird nicht passieren. Die Ärzte haben mir im Krankenhaus damals die Pille verschrieben, damit sich mein Körper wieder einpendelt."

Timon konnte seine Erleichterung nicht ganz verbergen und Brigitte lächelte ihn verständnisvoll an. „Aber das muss ja nicht immer so bleiben".

Timon nickte und ließ sich ins Stroh sinken. Nebenan wieherte ein Pferd, das sich wohl in seiner nächtlichen Ruhe gestört fühlte.

Brigitte kicherte: „Ob wir wohl beobachtet worden sind?"

„Was soll's", antwortete Timon grinsend und gab ihr einen erneuten Kuss.

Als er sich erheben wollte, zog sie ihn ins Stroh zurück: „Lass' uns heute Nacht hier bleiben", bat sie und Timon nickte zustimmend. Auch er wollte sie nur ungern verlassen. Nackt, wie sie waren, schmiegten sie sich aneinander und kuschelten sich ins Stroh. Mit einem seligen Lächeln schliefen sie gemeinsam ein.

Als Timon am frühen Morgen durch ein Schnauben geweckt wurde, musste er sich kurz orientieren. Dann fiel sein Blick auf das schlafende Mädchen neben ihm. Sie lag auf dem Bauch und in dem heller werdenden Licht des aufgehenden Morgens sah er deutlich die Narben auf ihrem Rücken. Sie wirkten jedoch nicht wie Schnitte oder normale Verletzungen, sondern eher wie Brandnarben. Hatte sie außer dem Autounfall, den Vergewaltigungen und der Fehlgeburt etwa auch noch ein Feuer überstanden? Vielleicht würde *das* ja auch ihre Panikattacke beim Lagerfeuer erklären.

Timons Achtung vor diesem Mädchen wuchs von Minute zu Minute. Sanft fuhr er mit den Fingern über die Narben, küsste ihren Rücken und als sie sich zu ihm umdrehte und ihm fordernd die Lippen auf den Mund drückte, flammte seine Leidenschaft für sie sofort wieder auf. Das gleiche schien auch das Mädchen zu fühlen. Sanft drückte sie seinen Körper ins Stroh, während ihre Zunge sich ihren Weg zu seinen Hüften bahnte und ihre Lippen sanft sein Glied umschlossen.

Sein Körper begann zu beben und in purer Erregung bäumte er sich auf. Als sie schließlich von ihm abließ, richtete er sich in eine kniende Stellung auf und seine Zunge suchte nun seinerseits die weichen Tiefen ihres Körpers, bis sie vor Wonne laut aufstöhnte. Dann glitten seine Lippen zu ihrem Mund. Während sie sich küssten, hob er sie hoch und sie umschlang seine Hüften mit ihren Beinen, während er erneut in sie eindrang. Ihr Rücken stieß gegen die Wand, als er immer heftiger zustieß, während sich ihre Finger tief in den seinen bohrten. Erneut stöhnte sie auf, während sie ihren sexuellen Höhepunkt erreichten, und als sie schließlich selig lächelte, sanken beide erschöpft zurück ins Stroh.

Heftig atmend blieben sie liegen und als Timon endlich wieder Luft bekam, drehte er sich grinsend zu ihr um: „Du machst mich wahnsinnig, Mädchen!"

„Ist das nicht der Sinn des Ganzen?", antwortete sie keck und ergriff schließlich ihre Kleidungsstücke, nachdem sie ihm einen Kuss auf den Mund gedrückt hatte. Fast wäre er erneut über sie hergefallen, aber diesmal riss er sich zusammen. Als sie sich angezogen hatten, schlichen sie leise zurück ins Haus.

ZUSAMMENBRUCH

Als Patrick an diesem Morgen das Bad betrat, traf er dort seinen Bruder an, der gerade dabei war, sich die Zähne zu putzen.

„Guten Morgen", grüßte er ihn und Timon lächelte ihn an: „Dir auch. Ist wirklich ein schöner Morgen, heute."

Verdattert starrte Patrick auf den jungen Mann, der gerade sein Hemd in die Wäsche warf. Scheinbar hatte er in seinen Klamotten geschlafen, denn es handelte sich um dasselbe Hemd, das er bereits gestern getragen hatte. Timon deutete als Erklärung für seine Worte auf den strahlend blauen Himmel vor dem Fenster und verzog sich unter die Dusche. Sein Bruder schüttelte nur verwirrt den Kopf und begann, sich zu rasieren.

Beim Frühstück hatte Patrick wieder einmal das Gefühl, dass irgendetwas anders war, aber er konnte nicht so ganz erfassen, was ihn so irritierte. Brigitte wirkte fröhlicher als sonst und ihm fiel ein, dass er sie heute Nacht gar nicht hatte wimmern hören. Vielleicht wurden ja die Albträume langsam weniger.

Auch während der Arbeit im Stall kicherten Timon und Brigitte herum und schließlich stellte er seinen Bruder zur Rede: „Sag' mal Timon, habe ich irgendetwas verpasst?"

Sein Bruder warf einen Blick zu Brigitte, die gerade in der Nebenbox arbeitete, und als sich ihre Blicke trafen, prusteten sie wie auf Kommando los. Verwirrt blickte Patrick von einem zum anderen. Doch dann fingen seine grauen Zellen an, zu arbeiten. Er hatte Timon heute Morgen im Bad getroffen und zu diesem Zeitpunkt hatte er noch dasselbe Hemd an, das er auf dem Turnier getragen hatte. Er hatte geglaubt, sein Bruder wäre zu müde gewesen, bevor er schlafen ging und hätte es einfach angelassen. Nun fiel ihm aber ein, dass er gestern Abend weder mitbekommen hatte, dass sein Bruder ins Haus zurückgekommen, noch dass Brigitte wieder aufgetaucht war.

Und endlich begriff er: „Nein! Ihr habt doch nicht etwa... – Timon, wie konntest du das tun!" Entrüstet drehte er sich um und ging mit großen Schritten zur Tür. Die beiden anderen hörten schlagartig auf zu lachen und Brigitte warf ihre Heugabel auf den Boden.

„Patrick, warte!" Flink hüpfte sie hinter ihm her und ergriff seinen Arm, als er gerade die Tür öffnen wollte. Sanft drehte sie ihn um und war erstaunt über das Glitzern in seinen Augen.

„Hat er dir wehgetan?", fragte er mit zitternder Stimme.

Brigitte lächelt ihn an: „Das hat er bestimmt nicht!"

Patrick atmete erleichtert auf, dann wurde sein

Blick wieder streng: „Aber du bist doch erst sechzehn!"

„Nein, bin ich nicht", antwortete sie leise und senkte den Blick. Die eben noch fröhlich strahlenden Augen wirkten plötzlich traurig und leer.

Timon trat erstaunt näher und genau wie sein Bruder starrte er das Mädchen sprachlos an. „Seit wann?", fragten sie schließlich im Chor.

„Seit heute", brachte sie mühsam hervor, bevor sie zusammenbrach und anfing zu weinen.

Sofort knieten die beiden Männer neben ihr nieder. „Aber das ist doch kein Grund zum Weinen", sagte Timon und Patrick ergänzte: „Wenn wir das gewusst hätten, hätten wir doch eine Party für dich geschmissen!"

„Ich will aber keine Party!", schrie sie ohne Vorwarnung. Fast hätte sie es geschafft, diesen Tag zu vergessen, doch nun stürmten die Erinnerungen mit doppelter Heftigkeit auf sie ein, sodass sie meinte, es nicht mehr aushalten zu können. Sie sprang hoch und schlug ihren Kopf gegen die Wand – sie wollte die Bilder nicht mehr sehen, nie wieder!

Timon starrte Brigitte nur vor Entsetzen bewegungsunfähig an, während sein Bruder aufsprang und sie von der Wand wegzog. Mit aller Kraft wehrte sie sich gegen seinen Griff und schlug ihm heftig gegen die Brust, aber das konnte er verkraften. Immer wieder schlug sie auf ihn ein und fing an, wie wild zu schreien.

„Hol' Hilfe!", brüllte Patrick nun seinen Bruder

an, der sich endlich aus seiner Starre löste und zum Haus lief, um seinen Vater zu holen. In kurzen Worten schilderte er ihm, was los war.

„Ich hatte fast so etwas befürchtet", sagte Wolfgang knapp und machte sich auf den Weg zum Stall.

Timon stellte sich ihm in den Weg: „Was meinst du damit?", fragte er streng.

Sein Vater blickte ihn ernst an: „Timon... Der Unfall, bei dem Brigitte ihre Familie verlor... es passierte an ihrem dreizehnten Geburtstag."

„Und heute ist ihr Geburtstag", stellte Timon geschockt fest. Wolfgang nickte, dann liefen sie weiter zum Stall, wo sich Brigitte immer noch wie ein wildes Tier gebärdete. Gemeinsam schafften es die drei Männer, ihre fliegenden Arme und Beine unter Kontrolle zu bringen und sie im weichen Stroh festzuhalten, ohne ihr wehzutun.

Die Bilder des Unfalls flogen an Brigittes innerem Auge vorbei und das Mädchen schrie inzwischen aus vollem Halse. Verzweifelt blickte Timon zu seinem Vater. Es zerriss ihm fast das Herz, sie so zu sehen.

„Lass' sie schreien", sagte Wolfgang auf seinen Blick hin, „sie hat fast vier Jahre lang geschwiegen und ihren Schmerz in sich hineingefressen. Lass' sie ihre Wut und ihren Kummer hinausbrüllen, vielleicht fühlt sie sich danach besser. Bei dir hat es ja auch geholfen."

Seine Söhne nickten und ließen Brigitte gewähren, während sie sie nach wie vor im Stroh fixierten. Es war unfassbar, welche Kraft und Ausdauer in dem kleinen Körper steckte. Inzwischen dröhnten Timon die Ohren und Patrick hatte vor Anstrengung Schweißperlen auf der Stirn, als ihr Widerstand endlich schwächer wurde und sie schließlich nur noch schluchzend vor ihnen im Stroh lag.

Timon streichelte ihre Wange, während Patrick seine verkrampften Glieder streckte. Als sich ihr Körper endlich entspannte, lockerte auch Wolfgang schließlich seinen Griff und atmete erleichtert auf. „Bringt sie am besten ins Haus, sie wird sehr erschöpft sein."

Patrick nickte und hob den nun schlaffen Körper sanft aus dem Stroh. Timons Beine fühlten sich wie Wackelpudding an und Wolfgang musste ihn beim Aufstehen stützen. Während die drei auf das Haus zuschritten, bog der Kombi in die Auffahrt und als Karin ihre drei Männer und den leblosen Körper in Patricks Armen erblickte, sprang sie alarmiert aus dem Fahrzeug.

„Kümmert euch um Brigitte, ich informiere Mama", sagte Wolfgang knapp und lief zu seiner Frau, um sie zu beruhigen.

In ihrem Zimmer legte Patrick das Mädchen sanft auf ihr Bett, während sein Bruder im Badezimmer einen kalten Waschlappen holte und ihn ihr auf die Stirn legte. Danach zog Timon ihr die vom Stallboden verdreckte Hose von den Beinen und bedeckte ihren Körper mit einer Wolldecke. Schweigend ließen sich die beiden Männer rechts und links von Brigitte auf die Bettkanten sinken und ergriffen jeder eine ihrer Hände, die sie sanft streichelten, während Brigitte völlig erschöpft einschlief und die beiden ihren Gedanken nachhingen.

Eine halbe Stunde später kam Karin leise zur Tür herein und blickte stumm auf ihre Kinder. Doch dann korrigierte sie sich selber: diese drei jungen Menschen hatte so rein gar nichts mehr von Kindern an sich. Selbst Brigitte war inzwischen eine hübsche, junge Frau geworden, seit sie zu ihnen gekommen war und wirkte wirklich nicht mehr, wie das verängstigte kleine Mädchen von vor vier Monaten. Jetzt wirkte sie älter und reifer und Karin wusste selber, wie albern das eigentlich war.

Ihr Blick wanderte zu ihrem Ältesten, dessen Blick Besorgnis ausdrückte. Sie wusste noch genau, wie glücklich er gewesen war, als sie ihm mitgeteilt hatten, sie wollten eine Pflegetochter aufnehmen. Er hatte sich schon immer eine kleine Schwester gewünscht und Brigitte hatte sich genau als diese kleine Schwester herausgestellt. Erst vor wenigen Tagen hatte er ihr gesagt, wie glücklich er war, sich um sie kümmern zu dürfen, sie zu beschützen.

Karin blickte nun von Patrick zu Timon und dort erblickte sie etwas ganz Anderes. Die anfängliche Eifersucht gegen das neue Familienmitglied war einem Blick voller Liebe gewichen. Aber nicht der Liebe zu der Schwester, sondern der Liebe zu der jungen Frau. Überrascht riss sie die Augen auf. Konnte das wirklich sein? Sie rief sich Situationen in den Kopf, bei denen sie die beiden zusammen gesehen hatte und dann kam ihr die Szene heute Morgen am Frühstückstisch wieder in den Sinn. Wie hatte sie nur so blind sein können? Die Zeichen waren doch eindeutig gewesen. Die Mutter nahm sich vor, demnächst mit ihrem Sohn darüber zu sprechen.

„Wollt ihr sie jetzt nicht mal alleine lassen?", fragte sie schließlich leise, um Brigitte nicht zu wecken, aber ihre Stimme ließ die beiden jungen Männer dennoch zusammenfahren. In stummem Einvernehmen schüttelten beide den Kopf und als Timon den Kopf hob und sie mit feuchten Augen flehend anblickte, zog sie sich respektvoll zurück. Auch für den Rest des Tages waren die Brüder nicht dazu zu bewegen, Brigittes Seite zu verlassen.

Das Mädchen warf sich immer wieder unruhig hin und her, manchmal schrie sie im Schlaf oder schien starke Schmerzen zu haben, doch sie wachte nicht auf. Schweiß stand ihr immer wieder auf der Stirn, den Timon mit einem Tuch wegwischte. Auch kühlte er immer wieder ihre heiße Stirn, während Patrick einfach ihre Hand festhielt, und ihr Gesicht nicht aus den Augen ließ. Der Junge wirkte fast wie eine Statue; die einzige Bewegung erfolgte mit seiner Hand, die hin und wieder Brigitte eine Haarsträhne aus dem bleichen Gesicht strich, wenn sie wieder einmal unruhig den Kopf hin- und hergeworfen hatte.

Karin kam zwischendurch erneut, um nach ihnen

zu sehen und Wolfgang brachte ihnen schließlich ein paar Sandwiches, die seine Söhne jedoch unberührt ließen. Nach Sonnenuntergang fielen Patrick und Timon immer mal wieder die Augen zu, immerhin saßen sie inzwischen seit zwölf Stunden bewegungslos auf der Bettkannte und selbst ihre starken Körper forderten irgendwann ihren Tribut.

Als Brigitte schließlich mitten in der Nacht die Augen aufschlug, wusste sie zuerst gar nicht, wo sie sich befand. Eben hatte sie doch noch mit Timon und seinem Bruder den Stall ausgemistet. Wie kam sie hierher? Verwirrt blickte sie sich um und erkannte schließlich, wo sie war. Dann lächelte sie, als sie die beiden Köpfe bemerkte, die in Höhe ihrer Hände auf dem Bett ruhten; einer schwarz, der andere dunkelblond. Deren Besitzer waren neben ihr zusammengesunken und beide schliefen fest. Gedankenverloren blickte sie von einem zum anderen. Wie glücklich konnte sie sich doch schätzen, hier gelandet zu sein. Bei den Eltern, die sie als ihre Tochter akzeptiert hatten, dem gutaussehenden Dressurreiter, der sie auf Händen trug und für sie da war, wenn sie ihn brauchte und schließlich bei dem Mann, dem sie ihr Herz geschenkt hatte, mit dem sie für immer zusammen sein wollte. Liebevoll betrachtete sie das schlafende Gesicht und strich ihm sanft über den Kopf. Sofort schlug er die Augen auf und stemmte sich hoch.

„Wie geht es dir?", fragte er leise, um seinen Bruder nicht zu wecken.

144

Statt einer Antwort, sah sie ihn fragend an: „Was ist passiert?" Ihre Stimme war rau, ihr Hals schmerzte stark.

„Ich weiß auch nicht so genau. Du hast uns erzählt, dass du Geburtstag hast und dann bist du… irgendwie…" Timon wusste nicht, wie er sich ausdrücken sollte.

„Was?", fragte sie streng.

„Durchgedreht", kam es leise zurück und plötzlich brachen die Bilder wieder auf sie herein.

Patrick hatte nun auch die Augen geöffnet und ergriff ihre Hand, als ihr erneut die Tränen über das Gesicht liefen. Timon blickte sie fest an: „Du musst darüber reden. Es wird dich sonst irgendwann auffressen. Ich weiß, dass es weh tut, aber du musst den Schmerz endlich zulassen, damit er anfangen kann, zu heilen."

Sein Bruder blickte ihn erstaunt an; so viel psychologisches Feingefühl hätte er ihm gar nicht zugetraut. Aber er fand, dass er Recht hatte und diskret erhob er sich. „Ich lasse euch dann besser mal allein", murmelte er entschuldigend.

Blitzschnell schoss ihre Hand nach oben und krallte sich hilfesuchend in sein Shirt: „Bitte bleib", sagte sie leise und ihre Stimme war so flehend, dass er sich umgehend wieder auf die Bettkannte niederließ. „Timon hat Recht", sagte sie mit zitternder Stimme, „aber ich kann das nicht allein. Ich brauche euch – euch beide." Damit ergriff sie je eine Hand der beiden Männer und hielt sich wie eine Ertrinkende daran fest. Patrick nickte nur – was hätte er auch sonst sagen sollen?

Lange schwieg das Mädchen, während ihr die Tränen über das Gesicht liefen und sie ihre Kräfte sammelte. Die Jungen warteten geduldig, bis sie schließlich zu sprechen anfing: „An meinem dreizehnten Geburtstag waren wir mit dem Auto unterwegs. Meine Eltern wollten eigentlich zu Hause feiern, aber ich hatte mir in den Kopf gesetzt, zu diesem Ponyhof zu fahren. Ich wollte so gerne einmal richtige Ponys sehen – das war mein einziger Geburtstagswunsch gewesen und schließlich hatten sie zugestimmt." Brigitte brach ab und Patrick fing an, zu begreifen, was sie so quälte.

Sanft strich er ihr über den Kopf. „Es ist nicht deine Schuld, Kleines", sagte er sanft.

„Doch, das ist es! Wäre ich nicht so dickköpfig gewesen, wäre das alles nicht passiert."

„Aber das konntest du doch nicht wissen", versuchte nun auch Timon, die Schuldgefühle zu bekämpfen, die sie zu übermannen drohten. Wieder brauchte sie mehrere Minuten, um sich zu fangen.

Dann erst sprach sie weiter: „Auf dem Weg zum Ponyhof kam plötzlich dieser LKW wie aus dem Nichts auf uns zugeschossen. Er war viel zu schnell und schlenkerte hin und her. Mein Vater hat noch versucht, auszuweichen, aber er hatte keine Chance. Das Fahrzeug hat uns voll erwischt. Meine Mutter schrie wie am Spieß und alles um uns drehte sich, als sich das Auto mehrfach überschlug. Dann war es plötzlich ganz still. Als ich die Augen aufmachte, sah ich den Kopf meines Vaters gegen das Fenster gelehnt. Er blutete stark und hat sich nicht mehr bewegt. Meine Mutter konnte ich gar nicht mehr sehen; überall war so viel Rauch. Meine Tür war bei dem Unfall aufgegangen und ich schaffte es schließlich, meinen Gurt zu lösen. Ich konnte meine Beine nicht mehr bewegen und zog mich deshalb mit den Händen auf dem Boden entlang. Als ich es endlich geschafft hatte und mich umdrehte, waren da Flammen und mein Bruder schrie vor Schmerzen, als sie ihn erfassten."

Fragend blickte Timon zu Patrick. Keiner von beiden hatte gewusst, dass Brigitte einen Bruder hatte. Patrick schüttelte wortlos den Kopf und nach einer Pause sprach Brigitte schließlich weiter: „Ich weiß nicht mehr wie, aber irgendwie bin ich wieder in das Auto gekommen und habe Timmi und Bimbo aus dem Kindersitz befreit." Bei ihren Worten ergriff sie den kleinen Plüschelefanten und presste ihn an sich. „Dabei griff das Feuer auch auf mich über. Ich hatte gar nicht bemerkt, dass ich brannte, als ich ihn aus dem Wagen zog. Plötzlich hat uns jemand auf den Boden gedrückt und uns eine Decke über-geworfen, um die Flammen zu ersticken. Dann wurde es wieder dunkel um mich – Ich bin erst im Krankenhaus wieder zu mir gekommen."

Geschockt blickten sich die Brüder erneut an. Als das Mädchen nicht weiter sprach, fragte Patrick schließlich leise: „Was ist mit deinem Bruder passiert?"

Brigitte blickte ihm in die dunklen Augen und der Schmerz in ihren eigenen war so präsent, dass er ihn fast körperlich spüren konnte. „Er ist im Krankenhaus gestorben. – Timmi war erst vier Jahre alt." Brigitte hielt Patricks Blick fest und er wagte nicht, wegzuschauen. „Du erinnerst mich sehr an ihn", sagte sie plötzlich, „er hatte die gleichen dunklen Augen und Haare. Die hatte er von meinem Vater geerbt, während ich nach meiner Mutter gekommen bin. Aber ich glaube, er wäre dir sehr ähnlich geworden, wenn er die Chance auf ein Leben gehabt hätte. Aber wegen mir hat er diese Chance nie bekommen."

Patrick schloss das Mädchen in seine starken Arme und hielt sie fest, während Timon ihr nach wie vor über die Haare strich. „Es war nicht deine Schuld", sagte er sanft und drängte die Tränen zurück, die ihn zu übermannen drohten.

Und noch jemand wischte sich verstohlen eine Träne aus den Augen: Wolfgang stand in der Tür zu Brigittes Zimmer. Er hatte noch einmal nach den dreien sehen wollen, weil er nicht schlafen konnte und war gerade hinzugekommen, als Brigitte von dem Unfall berichtete. Keiner der drei hatte ihn bemerkt und er war nicht im Stande gewesen, sich von der Szene vor seinen Augen loszureißen. Nun schloss er leise die Tür und ließ sich im Wohnzimmer auf die Couch sinken. Seine Jungs hatten alles im Griff. Er konnte im Moment nichts für das

Mädchen tun.

Da Brigitte nicht alleine bleiben wollte, blieben Timon und Patrick auch den Rest der Nacht bei ihr. Die Jungen legten sich rechts und links neben sie in das große Bett und Brigitte fühlte sich vollkommen sicher. In den frühen Morgenstunden fiel sie schließlich erschöpft in einen traumlosen Schlaf. Als ihre Atmung langsamer wurde, schlossen endlich auch die Brüder die Augen und waren bald darauf eingeschlafen. Auch sie waren erschöpft, sowohl körperlich als auch seelisch. Als Karin ein paar Stunden später die Tür vorsichtig öffnete, lächelte sie und winkte ihrem Mann, der gerade in die Küche gekommen war. Liebevoll blickten sie auf das schlafende Trio. Wolfgang legte den Arm um Karins Schultern und drückte sie zärtlich.

„Lass' sie schlafen", sagte er schließlich, „sie hatten eine harte Nacht." Sanft schob er seine Frau aus dem Zimmer und schloss leise die Tür. Er hatte noch in der Nacht mit ihr gesprochen und ihr erzählt, was passiert war.

Erst am späten Vormittag tauchten die drei wieder auf. Sie wirkten müde, aber zufrieden. Immer wieder suchte die Familie das Gespräch mit Brigitte, um ihr über den Verlust hinwegzuhelfen. Brigitte war nach wie vor davon überzeugt, dass sie Schuld an dem verhängnisvollen Unfall war, während Timon versuchte, sie vom Gegenteil zu überzeugen. Seit ihrem Zusammenbruch schlich sich Timon fast jede Nacht in ihr Zimmer, hielt ihre Hand und überwachte ihren Schlaf. Und der Erfolg gab ihm Recht. Brigitte schlief ruhiger in seinen Armen, hatte weniger Albträume und wirkte morgens viel ausgeruhter, als in den letzten Monaten.

Natürlich blieben seine nächtlichen Ausflüge nicht komplett unbemerkt und einige Tage später zog Karin ihren Sohn nach dem Frühstück beiseite: „Kann ich bitte mal mit dir sprechen, Timon?"

„Klar, was ist denn los?"

„Komm', geh' ein Stück mit mir." Timon blickte seine Pflegemutter erstaunt an. Hatte er etwas angestellt? War irgendetwas passiert? Zögernd folgte er ihr auf den Hof.

Karin wirkte sichtlich nervös. „Ich möchte dich etwas fragen und ich hätte gerne eine ehrliche Antwort", begann sie schließlich verlegen.

Timon blickte sie auffordernd an: „Ja?"

„Du und deine Schwester... Seid ihr...? Ich meine, hast du...?" Karin ließ die Frage unausgesprochen.

Timons Blick wurde ernst. Er straffte die Schultern und Karin bemerkte, wie erwachsen er plötzlich aussah. „Sie ist nicht meine Schwester, Mama. Sie ist die Frau, die ich liebe." Und mit einem Lächeln fuhr er fort: „Und ja, wir haben miteinander geschlafen – und es war wunderschön."

„So genau will ich es gar nicht wissen", warf seine Pflegemutter schnell ein und Timon grinste.

Dann wurde er wieder ernst: „Hast du ein Problem damit?", fragte er leise.

Karin blickte ihm in die leuchtenden blauen Augen. „Nein, mein Sohn. Es ist in Ordnung. Aber tu' bitte nichts Unüberlegtes. Sie hat schon so viel durchgemacht; ich möchte nicht, dass du ihr auch noch wehtust." Sie gab ihrem Sohn einen Kuss auf die Stirn und Timon umarmte sie dankbar.

„Das wird er nicht", klang plötzlich eine leise Stimme hinter ihnen. Aus einem Instinkt heraus war Brigitte ihnen gefolgt und trat nun hinter dem Baum hervor. Timon zog sie an sich und küsste sie zärtlich auf den Mund. Mit einem Lächeln blickte Karin den beiden nach, als sie Arm in Arm davonschlenderten. Sie würden ihren Weg schon finden, davon war sie überzeugt.

Das Pärchen lief bis zum nahe gelegenen See, an dem sie sich mit Patrick verabredet hatten. Es wurde wieder ein heißer Tag und ein wenig Abkühlung würde nichts schaden. Ihre Badesachen hatten sie am Morgen bereits unter ihre Shorts und T-Shirts gezogen.

„Hey, kommt rein – es ist herrlich", rief Patrick begeistert, der sich bereits in das klare Wasser geworfen hatte. Schnell streiften sie ihre Shorts ab. Doch als Timon sich das Shirt über den Kopf zog, bemerkte er, wie Brigitte zögerte. „Was hast du?", fragte er alarmiert.

Brigitte senkte den Blick: „Mein Rücken. Ich möchte nicht, das ihr mich so seht.", sagte sie schließlich leise.

Timon lächelte sie an: „Ich habe dich schon ganz anders gesehen", sagte er zweideutig und gab ihr einen langen Kuss, während er den Bund ihres Shirts griff und es ihr anschließend sanft über den Kopf zog.

Brigitte drehte ihren Rücken schnell vom Ufer weg, damit Patrick ihn nicht sah. „Aber dein Bruder nicht."

Timon nahm sie tröstend in die Arme. „Glaubst du wirklich, dass es ihn abstoßen würde? Er weiß doch, was mit dir passiert ist und er weiß auch, dass du durch das Feuer verletzt wurdest. Glaubst du wirklich, dass es ihn stört?"

Brigitte dachte nach und schüttelte langsam den Kopf. „Stört es dich?", fragte sie dann leise.

Ihr Freund blickte ihr in die Augen, nahm ihre Hand und legte sie auf eine der Narben, die das Messer vor vielen Jahren auf seiner Brust

152

hinterlassen hatte. „Stört es dich?", gab er die Frage zurück und ein leichtes Kopfschütteln war die Antwort. „Siehst du? Deine Narben sind genauso ein Teil von dir, wie meine von mir. Sie gehören zu uns, machen vielleicht sogar den Menschen aus, der wir sind." Brigitte fing an zu begreifen, was er meinte und nickte wieder.

Gebannt verfolgte Patrick das Schauspiel am Seeufer. Natürlich hatte er die Brandmale gesehen, als Timon ihr das Shirt ausgezogen hatte, aber er war darauf vorbereitet gewesen. Timon hatte ihm erzählt, was das Feuer damals angerichtet hatte. Das machte es ihm leichter, den Anblick zu ertragen, obwohl er nicht verhindern konnte, dass ihm ein Schauer über den Rücken lief, als er an die Schmerzen dachte, die Brigitte damals gehabt haben musste.

Als die beiden immer noch keine Anstalten machten, ins Wasser zu kommen, nahm er eine Handvoll des kalten Wassers und spritzte sie nass. „Hey, ihr Turteltauben. Kommt ihr nun endlich, oder soll ich euch lieber alleine lassen?"

Timon sah Brigitte auffordernd an und grinsend sprangen die beiden in das kühle Nass. Minuten später war die schönste Wasserschlacht zwischen den dreien im Gange, die Brigitte je erlebt hatte. Sie vergaß ihre Ängste, ihre Vergangenheit und sogar die Narben auf ihrem Rücken. Sie war einfach nur ein glückliches junges Mädchen, das mit zwei wundervollen Menschen im See planschte. Mit zwei Menschen, die sie – jeden auf eine andere Weise –

über alles liebte.

Brigitte genoss die restlichen Ferien im Kreise ihrer neuen Familie. Patrick trainierte mit den Pferden und heimste noch weitere Erfolge mit Calisto ein. Inzwischen kannten viele *das kleine Mädchen mit dem schwarzen Riesen*, wie man sie liebevoll betitelte, wenn sie mit Calisto auf dem Abreitplatz erschien. Und vor Patricks und Calistos Leistungen hatte man großen Respekt, nachdem er einen Titel nach dem anderen abräumte. Wenn Brigitte ihm nicht beim Training half, gab ihr Timon weiter Reitunterricht oder sie halfen Wolfgang mit den Schafen oder versorgten die Ponys.

Auch im Haushalt half Brigitte gerne mit, sodass Karin eines Tages ein ernstes Wort an sie richtete: „Kleines, ich finde es ganz toll, dass du mir so viel helfen willst, aber findest du nicht etwas Schöneres, mit dem du deine Zeit verbringen kannst?"

„Aber ich möchte dir helfen", widersprach Brigitte.

„Das ist lieb von dir, Liebes. Aber jetzt geh' und habe ein bisschen Spaß." Sie lächelte freundlich und Brigitte tat einen Schritt auf sie zu und schloss sie in die Arme.

„Danke, Mutti. – Danke für alles", sagte sie leise und Karins Blick verschwamm, als sie das Mädchen fest an sich drückte.

„Muss ich etwa eifersüchtig werden?", fragte plötzlich Timon lachend, der gerade in die Tür gekommen war, um etwas zu trinken.

„Keine Angst, ich nehme sie dir schon nicht weg", lächelte Karin und trocknete schnell ihre Augen, „und jetzt raus mit euch beiden! Ich habe zu tun." Mit einem Klapps scheuchte sie die zwei zur Tür hinaus.

Zum Abschluss der Ferien hatten sich Patrick und Timon eine Überraschung für Brigitte ausgedacht. Sie wollte schon immer mal ans Meer und zusammen mit ihren Eltern hatten die beiden jungen Männer einen Kurztrip nach Holland gebucht. Drei Übernachtungen in einem kleinen Appartementhaus in der Nähe der Nordsee. Durch Zufall hatten sie noch etwas bekommen und freuten sich schon auf Brigittes Gesicht, wenn sie erfuhr, wo es hinging. Bisher hatten die beiden Stillschweigen über den Trip gehalten, nur die Eltern wussten natürlich Bescheid.

Am Morgen der Abfahrt war Timon schon früh wach. Wie immer schlief er in ihrem Zimmer und als er die Augen aufschlug, fühlte er ein aufgeregtes Kribbeln im Bauch. Heute ging es los! Drei Tage und zwei Nächte mit seiner Freundin. Und natürlich mit seinem Bruder, aber das störte ihn nicht im geringsten. Nachdenklich blickte er in das schlafende Gesicht, das er so lieb gewonnen hatte. Langsam senkte er seinen Kopf und gab ihr einen zärtlichen Kuss auf den Mund.

Überrascht schlug das Mädchen die Augen auf.

Dann glitt ein Lächeln über ihr Gesicht. „Guten Morgen", sagte sie verschlafen und Timon grinste sie an.

„Guten Morgen, Dornröschen. Zeit zum Aufstehen."

Ungläubig blickte Brigitte auf den Wecker. „Geht's noch? Wir haben Ferien."

Timon lachte. „Stimmt, aber wir haben heute etwas vor."

„Ach ja?" Brigitte setzte sich auf und rieb sich den Schlaf aus den Augen. „Davon weiß ich ja gar nichts."

„Das ist auch volle Absicht. Also raus aus den Federn und Tasche packen. Du brauchst Klamotten für drei bis vier Tage, Badesachen und Waschzeug. Wie lange brauchst du dafür?"

Brigitte schüttelte den Kopf, um sicher zu gehen, dass sie nicht noch mitten in einem Traum steckte. „Klamotten für mehrere Tage? Fahren wir weg?"

„Genau das. Patrick, du und ich machen einen Kurzurlaub."

Sofort sprang das Mädchen auf die Füße. „Wohin?", fragte sie strahlend.

„Das wiederum wird nicht verraten. Das erfährst du erst, wenn wir da sind." Damit stand er auf, gab ihrem perplexen Gesicht einen letzten Kuss und verschwand durch die Zimmertür.

Eine Stunde später hatten sich die drei von den Eltern verabschiedet und befanden sich auf dem Weg zur Autobahn. Patrick saß am Steuer und

Timon hatte es sich mit Brigitte auf der Rückbank bequem gemacht, während sie Kilometer um Kilometer hinter sich brachten. An den Straßenschildern konnte Brigitte erkennen, dass sie inzwischen in Holland waren, wusste aber immer noch nicht, wo genau es eigentlich hinging.

Schließlich fuhr Patrick von der Autobahn und weiter ging es auf einer einsamen Landstraße durch Wiesen, auf denen Schafe und Kühe weideten.

„Wie weit fahren wir denn noch", fragte Brigitte neugierig.

„Ich denke, in etwa fünfzehn Minuten sollten wir am Ziel sein", antwortet Patrick mit einem Blick auf das Navigationsgerät.

„Wollt ihr mir nicht endlich mal sagen, wo…", Brigitte brach mitten im Satz ab und Timon drehte verwundert den Kopf zu ihr um. Das Mädchen starrte wie versteinert aus dem Frontfenster. Er blickte ebenfalls nach vorne, konnte aber nichts erkennen, da er hinter Patrick saß und dieser ihm den Blick versperrte. Deshalb beugte er sich ein wenig in die Mitte, um an ihm vorbeizuschauen. Er konnte jedoch nichts Außergewöhnliches erkennen. Die Straße war fast leer, nur zwei Autos und ein LKW kamen ihnen in einiger Entfernung entgegen. Ansonsten konnte er nichts erkennen. Noch immer starrte das Mädchen mit vor Angst weit aufgerissenen Augen aus dem Fenster und endlich begriff er.

„Patrick, der LKW. Halt' bitte an, wenn du

kannst."

Patrick folgte seinem Blick und endlich verstand auch er. Mit einem Blick in den Rückspiegel setzte er den Blinker und fuhr auf den Standstreifen, wo er den Wagen anhielt. Timon wandte sich dem Mädchen zu. „Gitte, es ist nur ein LKW, alles ist gut." Er nahm ihre Hand, die sich kalt anfühlte, doch Brigitte rührte sich noch immer nicht. Erst als das Fahrzeug an ihnen vorbeigefahren war, entspannte sie sich langsam wieder. Patrick drehte sich zu den beiden um. „Alles okay, Brigitte?"

Schwach nickte das Mädchen. „Ich habe wieder diesen Laster gesehen, der in unser Auto gefahren ist. Genau wie damals. Ich... ich dachte, es würde sich alles wiederholen."

„Nichts wird sich wiederholen", beruhigte Timon sie und schloss sie in seine Arme. „Das war ein schrecklicher Unfall damals. So etwas kommt nicht noch einmal vor."

Patrick nickte zustimmend, warf seinem Bruder einen Blick zu und fuhr schließlich zurück auf die Fahrbahn. Timon zog das Mädchen zu sich herüber, sodass sie ihren Kopf auf seine Schulter legen konnte und streichelte ihre Haare. „Mach' ein paar Minuten die Augen zu. Wir passen schon auf, dass nichts passiert." Er hatte aus den Augenwinkeln einen weiteren LKW bemerkt, der in ihre Richtung unterwegs war und wollte einen weiteren Vorfall vermeiden. Brigitte schloss gehorsam die Augen und schmiegte sich an seine Schulter.

Ohne weiteren Zwischenfall erreichten sie schließlich das Appartementhaus. Ihre Wohnung für die nächsten beiden Tage hatte zwei Schlafzimmer, ein Doppel- und ein Einzelzimmer und eine kleine Wohnküche. Patrick bezog das Einzelzimmer, da Timon sowieso nachts bei Brigitte schlief, und überließ den beiden anderen das Doppelzimmer. Als sie ausgepackt hatten, schnappten sich die beiden das Mädchen und verließen die Wohnung wieder.

„Augen zu", gebot Timon und zusammen führten sie Brigitte an den nur wenige Minuten entfernten Strand.

Das erste, was sie bemerkte, war der salzige Geruch, dann hörte sie ein leichtes Plätschern und als ihre Füße schließlich den warmen Sand berührten, riss sie vor Überraschung die Augen auf. Mit offenem Mund starrte sie auf die Wellen, die sachte an den Strand schwappten. Die beiden Brüder beobachteten gerührt, welchen Eindruck dieser Ausblick auf das Mädchen machte und warteten gespannt, was passieren würde. Langsam ließ Brigitte den Blick über den Sandstrand, die Dünen und das Wasser gleiten. Eine Träne kullerte ihr über die Wange, doch ihre Mundwinkel verzogen sich zu einem breiten Lächeln. Zufrieden blickte Timon seinen Bruder an, der ebenso glücklich Brigitte an die Hand nahm und sie zum Wasser zog. „Komm', kleine Lady."

Brigitte löste sich aus ihrer Verblüffung, ging einen Schritt auf ihn zu und flog ihm um den Hals, bevor sie sich von ihm löste und Timon einen Kuss auf den Mund drückte. „Ich glaub' das alles nicht!", stellte sie fest, dann griff sie die Hände der beiden Jungen und zu dritt rannten sie auf das Wasser zu. In der flachen Brandung fing sie an, sich mit ausgestreckten Armen um sich selbst zu drehen, während ihr die Brüder lachend zusahen. Timon warf seinem Bruder einen dankbaren Blick zu, da er die Idee zu diesem Trip gehabt hatte, der sich bereits jetzt – eine Stunde nach ihrer Ankunft – gelohnt hatte.

Die drei blieben noch einige Zeit am Strand, wateten durch das flache Wasser und spritzten sich gegenseitig nass. Gegen Abend machten sie sich auf den Rückweg, zogen sich um und suchten sich ein schönes Restaurant, um etwas zu essen. Anschließend liefen sie noch durch den kleinen Ort, um sich die Geschäfte anzusehen.

Als sie sich schließlich zum Schlafen in ihre Zimmer zurückzogen, war es bereits spät geworden. Timon ging noch einmal in die Küche, um etwas zu trinken zu holen. Als er zurückkam, stand Brigitte nur mit einem Hemdchen bekleidet am offenen Fenster und blickte auf das glitzernde Wasser, das man von ihrem Zimmer aus sehen konnte. Er stellte das Glas auf den Nachttisch, löschte das Licht und trat näher. Zärtlich legte er seine Arme von hinten um das Mädchen und gab ihr einen Kuss in den Nacken. „Träumst du?" fragte er leise.

„Das ist so wunderschön", schwärmte sie. „Ich

wollte schon immer mal ans Meer, aber ich habe es mir nie so schön vorgestellt."

„Und genau darum sind wir jetzt hier", lächelte Timon. Brigitte schmiegte sich an ihn und gemeinsam beobachteten sie noch eine Weile die Wellen, die leise ans Ufer schwappten. Schließlich riss sie sich von dem Anblick los, drehte sich in seinen Armen zu ihm um und stellte sich auf die Zehenspitzen, um ihn besser erreichen zu können. Während sich ihre Lippen trafen, ergriff Timon ihr Hemdchen und zog es ihr langsam über den Kopf, bevor sich ihre Lippen erneut vereinten und er sie hochhob, um sie sanft auf das Bett gleiten zu lassen. Kichernd schob sie ihn ein Stück weg. „Dein Bruder könnte uns hören", flüsterte sie leise.

Timon grinste: „Dann müssen wir uns wohl Mühe geben und leise sein." Sanft strich er ihr über die Brust und befreite sie von ihrem Slip, den er achtlos auf den Boden warf. Seine eigene Wäsche folgte nur Minuten später und fast geräuschlos liebten sie sich in dem großen Bett, während Timons Bruder nebenan schlief und nichts davon mitbekam. Eng aneinander gekuschelt schliefen sie schließlich ein.

Am nächsten Tag machten die drei einen Ausflug, um sich einige Sehenswürdigkeiten anzusehen und anschließend an den Strand zu gehen. Am Strand trug Brigitte ein UV-T-Shirt, um ihren Rücken vor den Blicken anderer Strandbesucher sowie der Sonneneinstrahlung zu schützen. Ausgelassen tobten sie im flachen Wasser und schwammen schließlich sogar ein wenig hinaus.

Brigitte genoss es sichtlich, sich von den beiden Jungen verwöhnen zu lassen und die Brüder hatten mindestens genauso viel Spaß dabei, wie sie. Ein paar Gäste waren erstaunt über den vertrauten Umgang der drei und der eine oder andere dachte mit Sicherheit, dass sie mit beiden liiert war, wenn man nach den Blicken ging, die man ihnen hin und wieder zuwarf. Die drei kicherten darüber und ließen die Gaffer in ihrem Glauben. Manchmal drückte Brigitte demonstrativ beiden Jungen einen Kuss auf die Wange oder umarmte sie gleichzeitig und die drei amüsierten sich köstlich, wenn die Leute ungläubig den Kopf schüttelten.

Abends besorgten sie ein kleines Mitbringsel für die Eltern und gingen anschließend essen. Auf dem Rückweg kamen sie an einer kleinen Tanzbar vorbei, aus der leise Musik ertönte. Patrick drehte sich zu den beiden um: „Habt ihr Lust, auf ein wenig tanzen?"

Timon blickte zu Brigitte: „Warum eigentlich nicht? Magst du?" Das Mädchen nickte und zusammen betraten sie die Bar, besorgten sich etwas zu trinken und Patrick führte Brigitte auf die Tanzfläche. Es war ein ganz neues Gefühl, zwischen all den Menschen zu tanzen. Bisher hatte sie nur auf der Wiese getanzt, doch schnell gewöhnte sie sich an das Gedränge und in Patricks starken Armen fühlte sie sich sicher. Als das Lied zu Ende war, löste Timon seinen Bruder ab. Ein langsames Lied wurde angestimmt und Brigitte schmiegte sich in seine Arme, legte den Kopf an seine Schulter und schloss verträumt die Augen.

Sie blieben noch zwei Stunden in dem Lokal, und Brigitte tanzte abwechselnd mit ihren beiden Begleitern. Als sie schließlich zum Ausgang gingen, taten ihr die Füße von der ungewohnten Belastung weh. Erschöpft ließ sie sich auf einen Stein sinken. „Ich glaube, ich kann keinen Schritt mehr gehen", seufzte sie und rieb sich die Sohlen.

„Kein Problem", grinste Patrick, hob sie hoch und trug sie die wenigen Meter zum Appartementhaus, während ihnen Timon lachend folgte und Brigitte sich scheinbar widersetzte.

Vor der Tür ließ er das Mädchen hinunter. „Den Rest sollte lieber ein Anderer machen", grinste er und ging durch die Tür, die Timon bereits aufgeschlossen hatte. „Gute Nacht", rief er über die Schulter und verschwand in seinem Zimmer.

Brigitte drehte sich fragend zu Timon um und grinste. „Was war denn das?"

Lächelnd hob Timon die Freundin auf den Arm und trat mit ihr über die Schwelle. Mit dem Fuß stupste er die Tür an, die leise ins Schloss fiel. Jetzt endlich begriff das Mädchen und wurde puterrot im Gesicht. Timon gab ihr einen Kuss auf die Nasenspitze. „Keine Angst, das war nur die Generalprobe", lachte er und ließ sie wieder auf den Boden.

Brigitte blickte ihn amüsiert an, ergriff seine Hand und zog ihn hinter sich her in ihr Schlafzimmer.

„Na, dann komm' mal mit, du Möchte-Gern-Bräutigam." Wenig später schmiegte sie sich in seine Arme und Timon war einfach nur glücklich, sie bei sich zu haben.

Den nächsten Vormittag verbrachten die drei noch einmal am Strand, sonnten sich und plantschten in dem kühlen Wasser, bevor sie sich nach einem kleinen Mittagssnack schließlich auf den Heimweg machten. Am späten Nachmittag fuhr das Fahrzeug auf den Hof, wo sie von den Eltern begrüßt wurden. Brigitte umarmte alle herzlich und bedankte sich für die tollen Tage am Meer.

„Von mir aus können wir das gerne einmal wiederholen", lachte Patrick und die anderen waren von der Idee begeistert. Müde, aber glücklich packten sie ihre Klamotten aus und trafen sich anschließend zu einem gemütlichen Grillabend vor dem Haus.

ABSCHIED

Als die Schule wieder anfing, staunten Brigittes Klassenkameraden nicht schlecht. Nicht nur, dass sie keine Gehhilfen mehr benötigte und selbst das leichte Hinken inzwischen kaum zu bemerken war, auch ihre Stimme hatte sie wiedergefunden. Zwar konnte man sie nach wie vor nicht gerade als Quasselstrippe bezeichnen, denn sie redete nur das Nötigste, aber es vereinfachte sowohl den Unterricht, als auch das allgemeine Miteinander enorm und Brigitte stellte fest, dass ihr das neue Leben viel besser gefiel, als das alte.

Und noch etwas veränderte sich. Gemeinsam mit ihrer Familie hatte sich Brigitte dazu entschlossen, nun endlich professionelle Hilfe in Anspruch zu nehmen, um ihre Ängste und Erlebnisse verarbeiten zu können. Mit dieser Therapie zusammen mit den Gesprächen innerhalb der Familie und vor allem mit Timon sah Brigitte schließlich ein, dass sie weder Schuld an dem Unfall vor über vier Jahren, noch an den Misshandlungen durch ihren ehemaligen Pflegevater und schon gar nicht am Tod ihres Babys gewesen war. Sie fing an, das Schicksal zu akzeptieren und war dankbar, dass es ihr nun eine neue, liebevolle Familie beschert hatte. Auch an ihrer Angst vor offenem Feuer arbeitete sie mit dem

Therapeuten. Als sie einige Monate später am dritten Advent schließlich entschlossen die elektrischen Kerzen auf dem Frühstückstisch gegen echte austauschte und Wolfgang die Streichholzschachtel in die Hand drückte, blickten alle sie verwirrt an.

Timon, der nach wie vor ihr gegenüber saß, ergriff ihre linke Hand. „Bist du schon so weit, Gitte?", fragte er zärtlich und Brigitte biss die Lippen zusammen und nickte. Wenn sie es jetzt nicht schaffte, dann vielleicht nie. Wolfgang blickte fragend in die Runde, dann strich er eines der Hölzer an und hielt es an eine der Kerzen. Als die Flamme aufloderte, griff Brigittes freie Hand nach der von Patrick, der zu ihrer rechten saß und krampfhaft hielt sie sich an den beiden Männern fest, um sich selbst daran zu hindern, einfach aufzuspringen und wegzulaufen.

Wolfgang bemerkte ihren inneren Kampf und beugte sich vor, um die Kerze auszupusten.

„Nein", rief das Mädchen gepresst und der Vater richtete sich wieder auf. Mit dem Kopf nickte Brigitte nun auch auf die anderen Kerzen und mit einem Seufzen zündete Wolfgang nun zwei weitere Lichter an, bevor er auch das zweite Streichholz auspustete. Besorgt blickte er auf seine Pflegetochter, die sich nach wie vor an seine Söhne klammerte und wie gebannt auf die Flammen starrte. Keiner sagte ein Wort, bis Timon schließlich leise ein bekanntes Weihnachtslied anstimmte. Seine Stimme war klar und schön und führte schließlich dazu, dass sich

Brigittes Atmung etwas verlangsamte. Allmählich lockerte sich ihr Griff und sie entspannte sich immer mehr. Bei der letzten Strophe fielen auch die andern mit ein und als die letzten Worte verklangen, ließ Brigitte schließlich Patricks Hand los, der sie hochhob und ihr eine Strähne aus dem Gesicht strich: „Ich bin stolz auf dich, kleine Lady", sagte er leise und die anderen nickten zustimmend.

Von nun an stand bei jeder Mahlzeit mindestens eine Kerze auf dem Esstisch und mit jedem Tag wurde ihre Angst weniger. Und als Patrick am Weihnachtsabend auf ihre Bitte hin ein Feuer im Kamin anfachte, behielt sie es zwar aufmerksam im Auge, störte sich aber sonst nicht weiter daran. Zusammen sangen sie Weihnachtslieder, während Timon sie auf der Gitarre begleitete und beim Geschenkeauspacken lachte Brigitte mit den anderen.

Dennoch entging dem Rest der Familie nicht, dass Brigitte in letzter Zeit etwas auf dem Herzen hatte. Als Wolfgang am späten Abend auf die Veranda trat, um die kalte Nachtluft einzuatmen, folgte sie ihm nach draußen.

„Paps?" Wolfgang drehte sich um, es war das erste Mal, dass sie ihn so nannte. „Darf ich dich etwas fragen?"

„Natürlich. Alles, was du willst." Wolfgang klopfte neben sich auf die Bank und Brigitte setzte sich zu ihm. „Ich habe mich schon den ganzen Abend gefragt, was heute mit dir los ist, Kleines."

„Weißt du, wo meine Familie begraben liegt?",

fragte sie schließlich leise und Wolfgang konnte seine Überraschung nicht ganz verbergen.

„Nein, Schätzchen, das weiß ich leider nicht. Aber ich kann mich gerne erkundigen."

„Würdest du das für mich tun?"

„Natürlich mache ich das."

Dankbar fiel sie ihm um den Hals und Wolfgang hielt sie einige Minuten lang fest, bevor sie beide wieder in das warme Wohnzimmer zurückgingen.

Als später alle zu Bett gegangen waren, schlich Timon wieder einmal heimlich die Treppe hinab und klopfte leise an Brigittes Tür. Sie öffnete und schmiegte sich sogleich in seine Arme. Er sah ihr an, dass sie geweint hatte.

„Magst du mir nicht sagen, was los ist?", fragte er besorgt.

Brigitte schloss die Tür hinter ihm und zog ihn mit sich auf die Bettkannte. „Ich möchte das Grab meiner Familie besuchen", sagte sie schließlich. „Ich muss mein altes Leben hinter mir lassen. Nur so kann ich wieder glücklich werden." Timon nickte und schloss sie in die Arme. „Ich durfte mich nicht mal von ihnen verabschieden", schluchzte sie an seiner Brust und Timon wurde mit einem Mal klar, was sie meinte. Auch er durfte sich nicht von seiner Mutter verabschieden, bevor diese starb, aber er hatte später an ihrem Grab seinen Frieden finden können. Er hatte am eigenen Leib erfahren, wie wichtig die Trauerbewältigung war und genau das war Brigitte in all den Jahren seit dem Unfall verwehrt geblieben.

Wolfgang hielt sein Versprechen. Er setzte sich mit den Behörden in Verbindung und bekam schließlich die gewünschte Auskunft. Ein paar Wochen später machten sich die Sandbachs alle zusammen auf den Weg zur letzten Ruhestätte ihrer Familie. Das Mädchen hatte darauf bestanden, dass sie mitkamen, und die Familie tat ihr den Gefallen gerne. Brigitte hielt einen kleinen Blumenstrauß in der Hand, als sie sich ihren Weg über den Friedhof suchten. In gebührendem Abstand vom Grab ihrer Eltern und ihres kleinen Bruders blieben die Sandbachs stehen, um Brigitte die Möglichkeit zu geben, alleine mit ihrer leiblichen Familie zu sprechen und dennoch in der Nähe zu sein, sollte sie Hilfe benötigen.

Timon nickte ihr aufmunternd zu. Entschlossen trat sie näher und kniete vor dem schlichten Familiengrab nieder. Lange betrachtete sie die Inschriften, bevor sie schließlich mit zitternder Stimme zu sprechen begann: „Hallo Mutti, hallo Papa – hallo, kleiner Bruder. Ich bin es, Brigitte. Ich habe keine Ahnung, ob ihr mich hören könnt oder ob es so etwas wie ein Leben nach dem Tod überhaupt gibt, aber wenn es so ist, hoffe ich, dass es euch gut geht und dass ihr zusammen seid, wo immer das sein mag. Es ist so viel Zeit vergangen seit dem Unfall. Es ist viel passiert – viele schlechte und schmerzliche Sachen, aber auch viel Schönes. Zu mindestens im letzten Jahr. Da bin ich nämlich zu den Sandbachs gekommen, die mir ein neues Zuhause gegeben haben. Sie sind euch sehr ähnlich und Patrick ist genauso, wie ich mir Timmi immer vorgestellt habe, wenn er einmal groß ist. Wenn ich ihm in die Augen sehe, muss ich immer an dich denken, Bruderherz. Ich habe auch deinen Bimbo bei mir. Ich werde gut auf ihn aufpassen, das verspreche ich dir. Die Sandbachs haben auch noch einen zweiten Sohn. Sein Name ist Timon. Er hat auch seine Eltern verloren und kam als Pflegekind zu ihnen. Wir haben viel Ähnliches erlebt und ich liebe ihn über alles. Meine neue Familie hat sich wirklich große Mühe mit mir gegeben und ich habe sie richtig lieb gewonnen. Ich weiß, dass ich euch eines Tages wiedersehen werde und bis dahin hoffe ich, sie an meiner Seite zu haben." Brigitte liefen die Tränen über die Wangen, während sie sprach. „Es tut mir alles so schrecklich leid, was damals passiert ist. Ich habe euch doch so lieb." Brigitte brach ab, faltete die Hände und fing an zu beten.

Danach blieb sie noch eine ganze Weile knien und weinte leise vor sich hin. Die anderen warteten geduldig, bis sie sich schließlich erhob. Erst dann trat die Familie geschlossen hinter das Mädchen und die beiden Jungen legten ihr die Arme um die Schultern. Gemeinsam sprachen sie noch ein leises Gebet, bevor sie sich langsam abwandten. Brigitte hatte immer noch feuchte Augen, aber Timon sah ihr deutlich an, dass sie mit sich selber im Reinen war; dass sie endlich ihren inneren Frieden gefunden hatte. Er gab ihr einen zärtlichen Kuss auf die Stirn und zusammen machte sich die Familie auf den Rückweg.

Den Nachmittag über lenkten die beiden Jungen Brigitte mit einem Ausritt durch die kalte Winterlandschaft ab und nach dem Abendessen nahm Timon sie an die Hand und ging mit ihr durch die Nacht spazieren, während sie sich über ihre verstorbene Familie unterhielten. Das Mädchen wirkte viel freier als vor dem Besuch auf dem Friedhof und Timon war sich sicher, dass sie nun endlich mit der Vergangenheit abgeschlossen hatte.

Auf dem Rückweg zog er sie in den Stall, in dem sie schon so manche Nacht zusammen verbracht hatten. Als die beiden später an diesem Abend eng ineinander verschlungen zwischen zwei Wolldecken im Stroh lagen und sich ihre Atmung wieder normalisierte, suchte Brigitte seinen Blick: „Wenn wir jemals einen Sohn haben sollten", sagte sie leise, „dann möchte ich ihn Timmi nennen."

Timon lächelte sie an und nickte. Dann zog er sie zurück in seine Arme und konnte es kaum erwarten, bis dieser Tag kommen würde.

ENDE

DANKSAGUNG

Als ich mich 2018 dazu entschlossen habe, eine Geschichte, die ihren Ursprung vor zwanzig Jahren hatte, endlich einmal zu Ende zu schreiben, ahnte ich nicht, dass dies der Beginn einer Leidenschaft sein würde, die fast dreißig Jahre in meinem Inneren schlummerte, bevor sie nun kaum noch zu bändigen ist. Heute ist das Schreiben für mich ein Ausgleich zu Beruf, Familie und Haushalt. Beim Schreiben kann ich entspannen und meine Träume und Gefühle in Worte fassen.

Ich möchte meiner Familie und vor allem meinen beiden Kindern danken, dass sie mir diese Freiheit lassen und sogar meine Freude am Schreiben ein wenig mit mir teilen. Besonders meine Tochter steht mir gerne mit Rat und Tat zur Seite, wenn es darum geht, passende Namen für meine Charaktere zu finden.

Ein großes Dankeschön geht auch an meine Probeleserinnen, die mir Feedback zu Inhalt und Rechtschreibung gegeben und mich motiviert haben, meine Geschichten zu veröffentlichen: meine Mutter Arietta Ziegelmayer, meine Tochter Jessica Choate und meine Arbeitskollegin Daniela Möbius.

Zum Schluss möchte ich mich auch bei meinen Lesern bedanken, die ich hoffentlich mit dieser Geschichte über Mobbing, Missbrauch und Angst, aber auch die Liebe zwischen Pflege-Geschwistern für eine Weile in ein Land der Phantasie entführen konnte.

Claudia Choate, November 2019

Verlorene Seelen 1 – Licht am Ende des Tunnels

Verlorene Seelen 2 – Ein Hundeleben

Verlorene Seelen 3 – Stumme Schreie

Verlorene Seelen 4 – Sprung ins Ungewisse

Flucht in die Freiheit

C. CHOATE

Verlorene Seelen 1
Licht am Ende des Tunnels
ca. 430 Seiten

Die 15-jährige Waise Charlotte Rudd, genannt Charlie, wird aufgrund ihrer Herkunft von ihren Klassenkameraden gemobbt, verprügelt und zum Diebstahl genötigt, schließlich sogar für ein Verbrechen verurteilt, dass sie nie begangen hat.

Als alles verloren scheint, tritt der junge Polizist Stefan Wagner in ihr Leben und Charlie sieht zum ersten Mal in ihrem dunklen Leben ein Licht am Ende des Tunnels.

Bis ein weiterer Schicksalsschlag erneut ihr Leben aus den Bahnen wirft.

ISBN: 978-3-74818-996-1

C. CHOATE

Verlorene Seelen 2
Ein Hundeleben
ca. 270 Seiten

In der Schule ahnt anfangs niemand, dass der aufgeweckte Jason zu Hause die Hölle durchmacht. Nach der harten Arbeit auf dem Hof und im Haushalt ist der 12-jährige oft zu erschöpft, um noch für die Schule zu lernen, während sein gewalttätiger Vater sich vom Nichts-tun ausruht.

Doch der Junge hat Angst, sich irgendjemandem anzuvertrauen, bis ihn seine Neugierde eines Tages fast das Leben kostet und er begreift, dass auch er ein Recht auf ein Leben ohne Angst und Gewalt hat.

ISBN: 978-3-74819-337-1

C. CHOATE

Verlorene Seelen 3
Stumme Schreie
ca. 231 Seiten

Auch fast ein Jahr nach einem schweren Schicksalsschlag hat die 20-jährige Deutsch-Amerikanerin Jessica Brown kein Interesse an einer neuen Beziehung und lehnt daher die Annäherungsversuche eines Bekannten kategorisch ab. Am liebsten verbringt sie ihre Freizeit mit ihren besten Freunden Mischa und Carolin Wagner, mit denen sie in den Urlaub fährt, kocht oder im Country-Club tanzen geht.

Doch plötzlich verändert sich das sonst so offene, fröhliche Mädchen, zieht sich von den Freunden zurück und verkriecht sich in ihrer Wohnung. Mischa und Carolin machen sich große Sorgen und versuchen verzweifelt, ihr zerstörtes Vertrauen zurückzugewinnen.

ISBN: 978-3-73470-959-3

C. CHOATE

Verlorene Seelen 4
Sprung ins Ungewisse
ca. 257 Seiten

Die junge Robin-Marie Keller hat mit ihrem Pferd Jumping Jack, genau wie ihr Vater einige Jahre zuvor, gute Chancen, eine bekannte Springreiterin zu werden. Bis die Ignoranz und Unachtsamkeit ihres Ex-Freundes nicht nur ihren Traum, sondern beinahe ihr ganzes Leben zerstört.

Doch der seit Jahren an Leukämie erkrankte und von diesem Kampf gezeichnete Deutsch-Franzose Pierre Chevalier, der seit kurzem von Robins Vater im Anfängerkurs unterrichtet wird, gibt das Mädchen nicht auf. Verbissen kämpft er gegen Koma, Verzweiflung und Angst, um ihr zurück ins Leben zu helfen.

ISBN: 978-3-74946-627-6

C. CHOATE

Flucht in die Freiheit
ca. 688 Seiten

Der Halbindianer Justin Healing Fox Baker lernt bereits im jungen Alter von sechs Jahren die Wildnis der USA kennen. Er kümmert sich liebevoll um kranke Tiere und muss auf eine beinahe tödliche Art und Weise lernen, dass diese manchmal unberechenbar sein können. Doch als junger Mann glaubt er, seinen Weg deutlich vor sich zu sehen.

Die Zwillinge Alexa und Niklas Ravenhorst hingegen kommen aus gutem Hause und sind zwischen Dienstboten und Bodyguards auf einem Schloss in Deutschland aufgewachsen. Nach ihrem Abschluss träumen sie von ganz normalen Reiterferien in den USA – bis ihre Herkunft sie auch dort einholt. Ihre einzige Chance ist die Flucht, die beinahe tödlich endet.

ISBN: 978-3-75041-570-6